거울 나라의 앨리스

클래식 보물창고 7

거울 나라의 앨리스

펴낸날 초판 1쇄 2012년 8월 30일

지은이 루이스 캐럴 | **그린이** 존 테니얼 | **옮긴이** 황윤영

펴낸이 신형건 | **펴낸곳** (주)푸른책들 | **등록** 제321-2008-00155호

주소 서울특별시 서초구 양재천로7길 16 푸르니빌딩(양재동 115-6) (우)137-891

전화 02-581-0334~5 | **팩스** 02-582-0648

이메일 prooni@prooni.com | **홈페이지** www.prooni.com

ISBN 978-89-6170-292-8 04840

이 도서의 국립중앙도서관 출판시도서목록(CIP)은 e-CIP홈페이지(http://www.nl.go.kr/ecip)와
국가자료공동목록시스템(http://www.nl.go.kr/kolisnet)에서 이용하실 수 있습니다.
(CIP제어번호:CIP2012003157)

보물창고는 (주)푸른책들의 유아, 어린이, 청소년, 문학 도서 임프린트입니다.

(주)푸른책들은 도서 판매 수익금의 일부를 초록우산 어린이재단에
기부하여 어린이들을 위한 사랑 나눔에 동참합니다.

Through the Looking Glass

거울 나라의 앨리스

루이스 캐럴 글 | 존 테니얼 그림 | 황윤영 옮김

보물창고

차례

더없이 맑고 깨끗한 이마와
꿈꾸는 듯한 경이로운 눈을 가진 아이여!
어느덧 세월이 흘러 너와 나
떨어져 지낸 지도 오래지만
사랑이 가득 담긴 동화 선물을
너는 분명 사랑스런 미소로 반겨 주리라.

오랫동안 너의 햇살처럼 환한 얼굴도 보지 못하고
은빛 웃음소리도 듣지 못했지.
앞으로 펼쳐질 너의 젊은 삶 속에
나에 대한 생각이 자리할 곳은 없겠지만
네가 나의 동화를 들어 준다면
그것만으로도 족하리라.

여름 햇살이 타는 듯 내리쬐던
지난날에 이야기는 시작되었지.
우리가 노 젓는 박자를 맞췄던
단순한 종소리,
그 종소리가 아직도 귓전을 맴도는데
샘 많은 세월은 '잊어버리라' 하네.

그러니 와서 들어 보렴.
가혹한 소식을 실은 무서운 목소리가
달갑지 않은 침대로
우울한 소녀를 부르기 전에!
우리는 잠잘 시간이 가까워진 걸 알고 안절부절못하는
좀 더 나이 든 아이들일 뿐이네.

밖에는 서리와 눈앞을 가리는 눈발,
변덕스런 폭풍이 미친 듯 휘몰아치지만
안에는 붉게 타오르는 난로 불빛과
어린 시절의 즐거운 보금자리가 있네.
마법과도 같은 이야기가 너를 단단히 사로잡을 테니,
넌 바깥의 미쳐 날뛰는 바람 소리 따윈 아랑곳하지 않겠지.

'행복했던 여름날'이 지나가 버리고
여름의 찬란한 아름다움도 사라져 버려
이 이야기 속에
한숨의 그림자가 드리울지 모르나
슬픔의 숨결도
우리 동화의 즐거움을 건드리지는 못하리라.

등 장 인 물
(게임 시작 전의 배열 상태)

하얀 진영			**붉은 진영**
말	졸	졸	말
트위들디	데이지	데이지	험프티 덤프티
유니콘	헤이어	전령	목수
양	굴	굴	바다코끼리
하얀 여왕	릴리	참나리	붉은 여왕
하얀 왕	아기 사슴	장미	붉은 왕
노인	굴	굴	까마귀
하얀 기사	해터	개구리	붉은 기사
트위들덤	데이지	데이지	사자

붉은 진영

하얀 진영

하얀 졸(앨리스)이 열한 수 만에 이기는 법

머 리 말

　앞에 나온 체스를 두는 '수'에 관한 한 정확하게 계산되었음을 밝힌
다. 다만 붉은 말과 하얀 말을 번갈아 두는 것은 엄격하게 지켜지지 않
았을 수도 있다. 그리고 세 여왕의 '캐슬링(*동시에 두 말을 움직일 수 있
는 특별 규칙. 왕이 성 모양의 체스 말인 룩과 자리를 바꿔 성 안으로 들어가 보
호를 받는 것을 말함. 이하 *표시-옮긴이 주)'은 단지 세 여왕이 궁전에 들
어갔음을 알리는 수단이다. 그러나 앞에 나온 지시대로 체스 말을 움직
여 본 사람이라면 누구라도, 여섯 번째 수에서 하얀 왕의 '체크(*다음 수
에 상대편 왕을 잡을 수 있음을 알리는 경고. 장기에서 장군과 같은 역할이다.)',
일곱 번째 수에서 붉은 기사가 잡히는 것, 붉은 왕의 '체크메이트(*체크
경고를 받은 왕이 더 이상 움직일 수 없거나 체크를 막을 수 없어서 게임이 종료
됨을 가리키는 용어.)'가 체스 게임의 규칙을 정확히 따르고 있다는 사실
을 알 수 있을 것이다.

제1장
거울 속의 집

한 가지는 확실했다. 하얀 아기 고양이는 그 일과는 아무 상관이 없다는 것이다. 그 일은 전적으로 까만 아기 고양이의 잘못이었다. 하얀 아기 고양이는 지난 15분 동안 어미 고양이에게 얼굴을 내맡기고 세수를 하고 있었기 때문이다.(아기 고양이는 그런대로 아주 잘 참고 있었다.) 그러니 하얀 아기 고양이가 그런 못된 장난을 쳤을 리는 없었다.

다이너가 아기 고양이들의 얼굴을 씻기는 방식은 이랬다. 먼저 한쪽 앞발로 가엾은 새끼의 귀를 꽉 잡아 누른 다음, 다른 쪽 앞발로 새끼의 얼굴 전체를 코에서부터 시작해서 거꾸로 닦아 준다. 다이너는 지금도 이런 방식으로 하얀 아기 고양이의 얼굴을 열심히 닦아 주고 있었고, 하얀 아기 고양이도 그게 모두 자기에게 좋은 일이라고 생각하는 모양인지 아주 얌전히 꼼짝 않

고 누워 가르랑거리고 있었다.

하지만 까만 아기 고양이는 오후에 일찌감치 세수를 마친 상태였다. 그래서 앨리스가 커다란 안락의자 구석에 웅크리고 앉아서 혼자 중얼거리다가 꾸벅꾸벅 졸다가 하는 동안, 까만 아기 고양이는 앨리스가 감고 있던 털실 뭉치를 이리저리 굴리며 심하게 장난을 치고 놀다가 그만 다 풀어 놓고 말았던 것이다. 이제 털실은 벽난로 앞 깔개 위에 얽히고설킨 채 마구 흐트러져 있었고, 까만 아기 고양이는 바로 그 한가운데서 자기 꼬리를 잡으려고 빙빙 돌고 있었다.

"요 못된 녀석!"

앨리스가 까만 아기 고양이를 잡아 올린 채, 자신의 눈 밖에 났음을 알려 주려고 살짝 입맞춤하며 소리쳤다.

"정말이지 다이너가 너한테 예절을 더 잘 가르쳤어야 하는데!

12

다이너, 네가 그래야 하는 거 알고 있지!"

앨리스가 어미 고양이를 나무라듯 바라보며 한껏 언짢은 목소리로 덧붙였다. 그리고는 아기 고양이와 털실을 안고 안락의자로 다시 기어 올라가 털실을 감기 시작했다. 하지만 털실을 감는 동안 내내 아기 고양이에게 말을 걸거나 혼자 중얼거리느라 그다지 빠르게 감지는 못했다. 키티는 앨리스의 무릎 위에 아주 얌전하게 앉아 털실을 감는 모습을 지켜보는 척하며, 자기도 할 수만 있다면 기꺼이 도와주고 싶다는 듯이 가끔 한쪽 발을 내밀어 살짝 털실 뭉치를 건드리고는 했다.

"키티, 내일이 무슨 날인지 아니? 나랑 창가에 있었다면 짐작했을 텐데. 하지만 다이너가 너를 깨끗이 씻겨 주고 있어서 넌 그럴 수 없었지. 창밖에서는 남자애들이 모닥불을 피우려고 장작을 모으고 있었어. 그런데 키티, 모닥불을 피우려면 장작이 얼마나 많이 필요한지 몰라! 하지만 날씨가 너무 추워지고 눈도 많이 오는 바람에 남자애들은 그 일을 그만둘 수밖에 없었어. 하지만 걱정 마, 키티. 우린 내일 모닥불을 보러 갈 거니까."

앨리스는 이렇게 말하며 어울리는지 보려고 털실을 아기 고양이의 목에 두세 번 감아 보았다. 그러자 키티가 털실을 휙 낚아챘고 그때문에 털실 뭉치가 바닥에 굴러떨어져 다시 풀려 버렸다.

"키티! 나 굉장히 화났어. 알지?"

앨리스는 키티를 안은 채 안락의자에 편안히 자리를 잡자마

자 말을 이어 갔다.

"네가 저지른 그 모든 못된 장난들을 봤을 때 정말이지 창문을 열고 너를 바깥의 눈더미 속으로 던져 버리고 싶었어! 넌 그래도 싸, 요 말썽꾸러기 꼬맹이! 뭐라고 변명하는 거야? 내 말 가로막지 마!"

앨리스는 손가락 하나를 들어 올리며 말을 계속했다.

"네가 저지른 잘못을 모두 말해 주지. 첫째, 너는 오늘 아침 다이너가 얼굴을 씻어 주고 있을 때 두 번이나 끽끽 소리를 질렀어. 아니라고는 못할 거야, 키티. 내가 다 들었으니까! 뭐라고? (아기 고양이의 말을 듣는 척하더니)다이너의 앞발이 눈을 찔렀다고? 그런데 그건 네 잘못이야. 네가 눈을 뜨고 있었으니까. 네가 눈을 꼭 감았다면 그런 일은 없었을 거 아냐. 이제 더는 변명을 늘어놓지 말고 잘 들어! 둘째, 내가 스노드롭 앞에 우유 접시를 놓아 주었을 때 너는 스노드롭의 꼬리를 잡아당겼어! 뭐, 목이 말라서 그랬다고? 스노드롭은 목이 안 말랐대? 그리고 셋째, 내가 한눈파는 사이 털실 뭉치를 싹 다 풀어 놨어!

키티, 넌 이렇게 잘못을 세 가지나 저질렀는데 아직 벌을 하나도 받지 않았어. 네가 받아야 할 벌을 모두 모아 뒀다가 다음 수요일에 한꺼번에 벌을 줄 거야. 그런데 어른들이 내가 받을 벌도 모두 모아 두고 있으면 어떡하지?"

이제 앨리스는 아기 고양이가 아니라 자기 자신에게 말하듯 말을 이어 갔다.

"올해의 마지막 날이 되면 난 어떻게 될까? 그날이 오면 감옥으로 보내질지도 몰라. 아니면 음, 어디 보자. 잘못을 저지를 때마다 저녁을 굶는 벌을 받아야 한다고 쳐. 그럼 그 끔찍한 날이 오면 난 저녁을 한꺼번에 쉰 끼를 굶어야 할 거야! 그래, 그건 괜찮을 거야! 쉰 끼를 먹는 것보다야 쉰 끼를 굶는 편이 훨씬 나으니까!

눈이 창문을 두드리는 소리 들리니, 키티? 정말 기분 좋고 부드러운 소리야! 누군가 밖에서 창문 여기저기에 입을 맞추는 것 같아. 눈이 나무와 들판을 사랑해서 저토록 부드럽게 입맞춤을 하고 있는 게 아닐까? 그런 다음 나무와 들판을 하얀 이불로 포근하게 덮어 주면서 '잘 자, 내 사랑, 여름이 다시 올 때까지.' 하고 말하겠지. 그리고 여름에 잠에서 깨면 나무와 들판은 온통 초록색 옷을 입고 바람이 불 때마다 한들한들 춤을 추겠지. 아, 얼마나 예쁠까!"

앨리스가 이렇게 외치며 손뼉을 치다가 털실 뭉치를 떨어뜨렸다.

"정말 그렇게 되면 얼마나 좋을까! 나뭇잎이 갈색으로 물드는 가을에는 분명 숲이 졸린 듯 보일 거야. 키티, 체스 할 줄 아니? 야아, 그렇게 웃지 마. 난 지금 진지하게 묻고 있는 거란 말이야. 왜냐하면 우리가 방금 전에 체스를 할 때, 네가 꼭 체스를 아는 것처럼 지켜봤잖아. 그리고 내가 '체크!' 하고 외쳤을 때 네가 가르랑거렸지! 정말 멋진 체크였어, 키티. 나의 체스 말들 사이로 요리조리 잘 빠져나온 그 비열한 기사만 없었더라면 내가 이겼을 텐데. 애, 키티, 우리 흉내 놀이 하자."

여기에서 앨리스가 가장 좋아하는 말인 '우리 흉내 놀이 하자.'로 시작되는 일들을 여러분에게 절반이라도 말해 줄 수 있으면 좋겠다. 앨리스는 바로 전날 언니와 꽤 오랫동안 말다툼을 벌였다. 그건 모두 앨리스가 "우리 왕들과 왕비들 흉내 놀이 하자."라는 말을 꺼냈기 때문이었다. 아주 정확한 걸 좋아하는 앨리스의 언니가, 둘밖에 없는데 어떻게 왕들과 왕비들이 될 수 있느냐고 따지자 앨리스는 결국 마지못해 "그럼 언니는 왕이든 왕비든 한 가지 역할만 맡아. 나는 나머지 역할을 전부 다 맡을 테니."라며 물러나야 했다. 또 언젠가 한 번은 늙은 유모의 귀에 대고 "유모! 우리 흉내 놀이 하자. 난 배고픈 하이에나, 유모는 뼈다귀야!"라고 갑자기 소리를 질러 늙은 유모를 소스라치게 놀라게 했던 적도 있었다.

하지만 이쯤에서 다시 앨리스가 아기 고양이에게 하는 말로 돌아가 보자.

"키티, 우리 흉내 놀이 하자! 네가 붉은 여왕을 맡아! 네가 앞발을 들고 앉아서 팔짱을 끼면 꼭 붉은 여왕처럼 보일 거야. 자, 한번 해 봐, 착하지!"

앨리스는 탁자에서 붉은 여왕을 집어 와 아기 고양이가 그것을 모델 삼아 흉내 낼 수 있도록 아기 고양이 앞에 세워 놓았다. 하지만 당연히 그게 될 리가 없었는데, 앨리스는 아기 고양이가 제대로 팔짱을 끼려고 하지 않았기 때문이라고 말했다. 그래서 앨리스는 아기 고양이를 벌주려고 거울 앞에 들어 올려 자기가 얼마나 토라졌는지 보게 했다.

"당장 착하게 굴지 않으면 너를 거울 속의 집에다 집어넣어 버릴 테야. 그럼 좋겠어? 자, 키티, 내 말을 잘 듣고 그렇게 많이 떠들어 대지 않으면, 거울 속의 집에 대한 내 생각을 다 말해 줄게. 먼저 저기 거울 속의 방이 보이지? 저 방은 물건들이 모두 반대 방향으로 놓여 있단 것만 빼고는 우리 거실과 똑같아. 의자 위에 올라가면 다 보여. 벽난로 바로 뒷부분만 조금 빼고. 아, 벽난로 뒤도 볼 수 있으면 얼마나 좋을까! 거울 속의 방에서도 겨울이면 불을 피우는지 무척 궁금한데. 우리 방 벽난로에서 불을 지피지도 않았는데 저 방에서 연기가 나거나 하지 않는 이상 절대 알 수가 없어. 하지만 저 방의 벽난로는 그냥 흉내만 낸 걸지도 몰라. 그리고 글자가 반대로 쓰여 있는 것만 빼면 책들도 우리 책들과 비슷해. 그걸 어떻게 알았냐면, 내가 우리 책을 들고 거울 앞에 서면 거울 속의 방에서도 같은 책을 들고 서기 때문이야.

키티, 넌 거울 속의 집에서 살면 어떨 것 같아? 저곳에서도 사람들이 네게 우유를 줄까? 어쩌면 거울 속의 우유는 마실 수 없을지도 몰라. ……하지만 오, 키티! 우리 이제 복도에 대해서 이야기할래? 우리 거실 문이 활짝 열려 있으면 거울 속의 집 복도도 살짝 보여. 보이는 부분까지는 우리 복도와 아주 비슷하지만 그 너머는 우리 복도와 완전히 다를지도 몰라. 오, 키티! 우리가 거울 속의 집으로 들어갈 수 있다면 얼마나 좋을까! 틀림없이 저 안에는 굉장히 아름다운 것들이 있을 거야! 그래, 키티, 거울 속의 집으로 들어가는 길이 있다고 상상해 보자. 저 거울이 거즈 천처럼 아주 부드러워져서 우리가 거울 속으로 들어갈 수 있다고 상상하는 거야. 어머나, 지금 거울이 안개 같은 것으로

변하고 있잖아. 정말이야! 그렇다면 거울 속으로 아주 쉽게 들어 갈 수 있겠는걸."

앨리스는 어느새 자신도 모르게 벽난로 선반 위로 올라가 있 었다. 분명히 거울이 빛나는 은빛 안개처럼 서서히 흐트러지고 있었다.

다음 순간 앨리스는 거울을 통과해 거울 속의 방으로 사뿐히 뛰어내렸다. 맨 먼저 앨리스는 벽난로에 불이 지펴져 있는지부터 살펴봤는데, 뒤에 두고 온 벽난로처럼 그곳 벽난로에도 진짜 불이 활활 타오르고 있어서 무척 기뻤다.

'그럼 이곳에서도 거울 저쪽의 원래 방에서만큼 따뜻하게 지낼 수 있겠어. 사실은 더 따뜻하게 지낼 수 있겠는걸. 이곳에는 난롯불에 너무 가까이 가지 말라고 잔소리할 사람도 없을 테니 말이야. 오, 우리 식구들이 거울 속에 있는 나를 보면서도 붙잡지 못하면 얼마나 재미있을까!'

앨리스는 이렇게 생각하다가 주위를 둘러보기 시작했는데 원래 방에서도 보였던 부분은 아주 평범하고 따분했지만 보이지 않던 나머지 부분은 모두 다르다는 사실을 알게 되었다. 예를 들면 벽난로 옆의 벽에 걸린 그림들은 모두 살아 있는 것처럼 보였고 벽난로 선반 위의 시계(여러분도 잘 알겠지만 거울 속에서는 이 시계의 뒷면만 볼 수 있었다.)는 작은 노인의 얼굴을 하고 있었는데 앨리스에게 싱긋이 웃어 보이기도 했다.

'이쪽 방은 거울 저쪽 방처럼 그렇게 깔끔하게 치우지 않나 봐.'

벽난로의 재 속에 체스 말 몇 개가 떨어져 있는 걸 보고 앨리스가 속으로 생각했다. 하지만 바로 다음 순간 놀라서 "어머나!" 하고 조그맣게 소리를 지르며 두 손과 무릎을 짚고 바닥에 엎드려 체스 말들을 지켜보았다. 그런데 체스 말들이 둘씩 짝을 지어 걸어다니고 있는 게 아닌가!

"이건 붉은 왕과 붉은 여왕이야."

앨리스가 말했다.(그들을 놀라게 할까 봐 속삭이듯이.)

"그리고 저기 삽 끄트머리에는 하얀 왕과 하얀 여왕이 걸터앉아 있네. 그리고 여기에는 캐슬(*성 모양으로 생긴 체스 말로, 성을 지키는 장수 역할을 하며 '성장(城將)'이나 '룩'이라고도 함.) 둘이 팔짱을 끼고 걸어가고 있네. 체스 말들에게는 내 목소리가 들리지 않나 봐."

앨리스가 얼굴을 아래로 더 바짝 갖다 대며 말을 이었다.

"그리고 내가 보이지도 않나 봐. 어쩐지 꼭 내가 투명 인간이 된 기분이야……."

앨리스가 이렇게 말하는데 뒤쪽 탁자에서 뭔가 낑낑거리는 소리가 나서 퍼뜩 고개를 돌려 보니 하얀 졸 하나가 굴러 넘어져 발을 버둥거리고 있었다. 앨리스는 다음에 무슨 일이 일어날지 호기심을 잔뜩 안고 지켜봤다.

"우리 아이 목소리잖아!"

하얀 여왕이 소리치며 너무나도 급하게 지나가다가 그만 왕을 쳐서 재 속으로 넘어뜨리고 말았다.

하얀 여왕은 "우리 소중한 릴리! 우리 황실의 예쁜이!" 하고 외치면서 벽난로 앞의 난로 망을 미친 듯이 기어 올라가기 시작했다.

"황실은 무슨, 웃기시고 있네!"

왕이 넘어져서 다친 코를 문지르며 투덜댔다. 왕은 머리에서 발끝까지 재를 뒤집어썼기 때문에 여왕에게 조금은 화를 낼 권리가 있었다.

도와주고 싶은 마음이 간절한 데다 가엾은 아기 릴리가 거의 발작을 일으킬 정도로 빽빽 울어 대고 있었기 때문에, 앨리스는 얼른 하얀 여왕을 집어 탁자 위에서 시끄럽게 울어 대는 어린 딸 옆에 놓아 주었다.

하얀 여왕은 숨을 헐떡이며 털썩 주저앉았다. 너무 빠른 속도로 공중을 이동한 탓에 숨이 멎을 것 같아서 일이 분 동안 그저 말없이 어린 릴리를 안고 있기만 했다. 여왕은 조금 숨을 돌리자마자 재 속에 부루퉁하니 앉아 있는 왕에게 소리쳤다.

"화산을 조심해요!"

"무슨 화산?"

하얀 왕은 벽난로 안이 가장 화산이 있을 법한 장소라고 생각하는지 걱정스럽게 벽난로 안을 쳐다보며 말했다.

"나를…… 여기 위로…… 날려 버렸다고요. 정상적인 방법으로…… 조심해서 올라와요. 화산 바람에 날려서 오지 말고!"

하얀 여왕이 아직도 조금 숨이 차서 헐떡거리며 말했다. 앨리

스는 하얀 왕이 난로 망의 가로장 한 칸 한 칸을 천천히 힘겹게 기어 올라가는 모습을 지켜보다가 마침내 말했다.

"어휴, 그런 속도로 올라가다간 탁자까지 몇 시간은 걸리겠어요. 내가 돕는 게 훨씬 낫겠어요. 안 그래요?"

하지만 하얀 왕은 앨리스의 질문을 들은 척도 하지 않았다. 왕에게는 앨리스의 말도 들리지 않고 모습도 보이지 않는 게 분명했다. 그래서 앨리스는 하얀 왕을 아주 살며시 집어서 숨이 멎을 정도로 놀라지 않도록 여왕을 들어 옮길 때보다 더 천천히 옮겼다. 하지만 앨리스는 왕이 재투성이여서 탁자에 내려놓기 전에 재를 조금 털어 주는 편이 좋겠다고 생각했다.

앨리스가 훗날 말하기를, 하얀 왕이 공중에서 보이지 않는 손에 붙잡혀 자기 몸에 묻은 재가 털리고 있다는 사실을 깨달았을 때 지은 표정은 참으로 가관이었다고 한다. 하얀 왕은 너무나도 깜짝 놀라 소리도 지르지 못하고 눈과 입만 점점 더 크고 동그랗게 벌렸다. 앨리스는 그 모습에 그만 웃음이 터져서 손이 심하게 흔들리는 바람에 하마터면 왕을 바닥에 떨어뜨릴 뻔했다.

"아이 참! 제발 그런 표정을 짓지 말아요!"

앨리스는 하얀 왕이 자신의 목소리를 듣지 못한다는 사실을 깜박 잊고 소리쳤다.

"너무 웃겨서 제대로 붙잡고 있을 수가 없잖아요! 입도 그렇게 크게 벌리지 말아요! 재가 다 들어가겠어요. 자, 이제 이 정도면 깨끗해진 것 같아요!"

앨리스는 하얀 왕의 머리카락을 매만져 준 다음 탁자 위의 여왕 옆에 내려놓아 주었다.

하얀 왕은 바로 뒤로 벌렁 나자빠져서 전혀 꼼짝도 하지 않았다. 앨리스는 자기가 저지른 일에 다소 놀라, 왕에게 끼얹어 줄 물이라도 있나 해서 ㄱ 방을 돌아다녔다. 하지만 잉크병 밖에 보이지 않아서 그것을 가지고 돌아와 보니 왕이 정신을 차리고 여왕과 겁먹은 목소리로 속닥거리고 있었다. 목소리가 어찌나 나직한지 앨리스는 그들의 이야기를 간신히 알아들을 수 있었다.

"정말이야, 여보. 내 구레나룻 끝까지 얼어 버렸어!"

하얀 왕이 여왕에게 속삭였다. 그 말에 여왕이 "당신은 구레나룻이 없잖아요."라고 대답했다.

"그 순간의 공포는 결코, 절대로, 못 잊을 거요!"

"하지만 그걸 기록해 두지 않는다면 잊게 될 거예요."

앨리스는 왕이 호주머니에서 커다란 수첩을 꺼내 글을 쓰기 시작하는 모습을 대단히 흥미롭게 지켜보았다. 갑자기 어떤 생각이 떠올라 앨리스는 왕의 어깨 위로 올라온 연필 끝을 잡고 왕 대신 글을 쓰기 시작했다.

가엾은 왕은 당혹스럽고 비참한 표정을 지으며 한동안 아무 말도 하지 않고 연필과 씨름했다. 하지만 앨리스의 힘이 무척 강해 결국 당해 내지 못하고 숨넘어가는 목소리로 말했다.

"여보! 더 가는 연필을 구해야겠소. 이 연필은 내 맘대로 다루기가 어렵구려. 내가 쓰려고 생각하지도 않은 글을 연필이 자기 멋대로 쓰고 있질 않겠소……."

"어떤 글을요?"

여왕이 수첩을 들여다보며 물었다.(수첩에는 앨리스가 '하얀 기사가 부지깽이를 타고 내려온다. 균형 잡는 게 아주 서툴다.'라고 써 놓았다.)

"그건 당신 느낌을 기록한 게 아니잖아요!"

탁자 위의 앨리스 가까운 곳에 책이 한 권 놓여 있었다. 그래서 앨리스는 앉아서 하얀 왕을 지켜보는 가운데(앨리스는 아직 왕이 조금 걱정스러웠기 때문에, 왕이 다시 기절하면 잉크를 끼얹을 만반의 태세를 갖추고 있었다.) 책장을 넘기며 자기가 읽을 수 있는 부분이 있나 살펴보았다.

"온통 내가 모르는 말로 되어 있잖아."

앨리스가 혼자 중얼거렸다. 책에는 이렇게 적혀 있었다.

　　재버워키의 노래

　　지글거릴녘, 나긋미끈한 도브들이
　　해시계밭에서 헝클맴비 뱅뱅쫑퍼게.
　　보로고브들은 잔뜩 비쩍쪼히고
　　집나간 레스들은 어멋헹됫다거졌지.

앨리스는 한동안 어리둥절했지만 마침내 좋은 생각이 떠올랐다.

"아 참, 이건 거울 책이지! 그럼 거울에 비춰 보면 글자가 다시 바르게 보일 거야."

앨리스가 읽은 시는 다음과 같았다.

재버워크의 노래

지글저녁녘, 나긋미끈한 토브들이
해시변덕에서 휙윙돌며 뾰쪽파네.
보로고브들은 완전히 비쩍꾀죄하고
집난 래스들은 야옛횟거렸지.

"재버워크를 조심해라, 아들아!
물어뜯는 턱과 움켜쥐는 발톱을!
주브주브 새도 조심해라. 그리고
씩씩성난 밴더스내치도 피해!"

아들은 보팔 칼을 손에 들고
오랫동안 무시무시괴물한 적을 찾아다니다가……
팅팅 나무 옆에서 휴식을 취하며
잠시 생각에 잠겨 서 있었네.

그렇게 쉰까칠거만한 상태로 생각에 잠겨 서 있는데,

재버워크가 불타는 눈동자로
울창빽빽컴컴오싹한 나무숲에서 삭삭 나와
매애쭝알쩍쩍거리며 다가왔네!

하나, 둘! 하나, 둘! 이리 쉭, 저리 슉,
보팔 칼로 휙탁 찔러 댔지.
아들은 재버워크를 죽인 뒤 그 괴물의 머리를 가지고
의기양양달음박질로 돌아왔네.

"네가 재버워크를 해치웠단 말이냐?
어디 한번 안아 보자꾸나, 나의 빛반짝나는 아들아!
참으로 아름기쁜 날이로다! 캬호! 카얏호!"
아버지가 기쁨에 겨워 쿵쿵웃었네.

지글저녁녘, 나긋미끈한 토브들이
해시변덕에서 휙윙돌며 뾰쪽파네.
보로고브들은 완전히 비쩍꾀죄하고
집난 래스들은 야옛휫거렸지.

(*위의 시는 전형적인 난센스 시로, 루이스 캐럴이 직접 만들어 낸
단어들로 가득하다. 이 가운데는 현재 '무의미한 말'을 뜻하는 단어로
널리 쓰이게 된 '재버워크', 광폭한 성질의 무시무시한 괴물을 뜻하게

된 '밴더스내치' 등과 같이 후에 일반적으로 널리 사용되어 사전에 등재된 단어들이 여럿 있다. 단어에 대한 설명은 6장에 자세히 나오므로 생략함.)

"무척 아름다운 시 같아. 이해하기는 좀 어렵지만."

시를 다 읽고 난 다음 앨리스가 중얼거렸다.(앨리스는 그 시를 전혀 이해하지 못했다는 사실을 자기 자신에게도 고백하기 싫었다.)

"어쨌든 이 시를 읽으니 머릿속이 이런저런 생각들로 꽉 차는 것 같아. 그런데 그게 뭔지는 잘 모르겠어! 하지만 '누군가'가 '뭔가'를 죽였다는 것 같은데. 하여튼 그것만은 분명해……."

'아, 이런!'

앨리스는 갑자기 벌떡 일어나며 생각했다.

'서두르지 않으면 이 집의 나머지 부분이 어떻게 생겼는지 보기도 전에 거울 밖으로 돌아가야 할 서야! 먼서 정원부터 구성해야지!'

앨리스는 순식간에 그 방을 나와서 계단을 달려 내려갔다. 아니, 정확하게 말하면 달려 내려간 것이 아니라 앨리스가 혼잣말했듯 계단을 새로운 방식으로 빠르고 쉽게 내려갔다. 앨리스는 계단 난간에 손가락 끝을 대고만 있었는데 발이 계단에 닿지도 않은 채로 둥둥 떠서 부드럽게 계단을 내려갔다. 그런 다음에도 여전히 공중에 둥둥 떠서 복도를 지났고, 문기둥을 잡지 않았더

라면 계속 그렇게 둥둥 뜬 채로 현관문을 곧장 빠져나갔을 것이
다. 공중에 너무 오래 떠다녀서 조금 어지러웠기 때문에 앨리스
는 다시 자연스런 방식으로 걷게 되어 무척 기뻤다.

제2장

말하는 꽃들의 정원

"저 언덕 꼭대기에 올라가면 정원이 훨씬 더 잘 보일 텐데. 여기 이 길이 언덕 꼭대기로 곧장 이어지나 봐. ……아니, 그게 아니잖아. (길을 따라 몇 미터 걸어가다 확 꺾이는 모퉁이를 몇 번 돈 다음)그래도 가다 보면 결국 언덕에 이를 거야. 하지만 길이 정말 이상하게 꼬불꼬불하네! 길이라기보다는 타래송곳 같잖아! 그래, 이번 모퉁이를 돌면 언덕이 나오겠지. ……아니, 아니잖아! 이 길은 곧장 다시 집으로 돌아가는 길이잖아! 그렇다면 반대쪽 길로 가 봐야겠어."

앨리스는 그렇게 중얼거리며 반대쪽 길로 갔다. 그런데 올라갔다 내려갔다 모퉁이를 돌고 또 돌았지만 이번에도 계속 집으로 돌아오기만 했다. 한 번은 보통 때보다 더 빨리 모퉁이를 돌았다가 멈추지 못하고 그만 집에 쾅 부딪히기까지 했다.

"네가 무슨 말을 해도 소용없어."

앨리스는 집을 올려다보며 마치 집과 말다툼을 벌이는 사람처럼 말했다.

"아직은 집 안으로 안 돌아갈 거야. 다시 거울 밖으로 나가 원래의 방으로 되돌아가야 한다는 거 잘 알아. 그러면 내 모험이 전부 끝난다는 것도!"

그래서 앨리스는 결연히 집을 등지고서 언덕에 이를 때까지 계속해서 곧장 걷겠다고 단단히 마음을 먹었다. 그리고 다시 한 번 길을 걷기 시작했다. 잠시 동안 모든 것이 순조로워서 앨리스가 막 "이번에는 정말로 성공하려나 봐……." 하고 중얼거리고 있는데, 길이 갑자기 뒤틀리며 마구 흔들렸고(나중에 앨리스가 묘사한 바에 따르면 그랬다.) 다음 순간 앨리스는 어느새 또 현관문에서 집 안으로 걸어 들어가고 있었다.

"아이 참, 너무하잖아! 이렇게 길을 방해하는 집은 난생 처음이야! 진짜!"

하지만 언덕이 눈앞에 빤히 보였으므로 다시 출발하지 않을 수 없었다. 이번에는 커다란 꽃밭과 마주쳤는데 가장자리에는 데이지들이 심어져 있고 가운데에는 버드나무 한 그루가 자라고 있었다.

"오, 참나리야! 네가 말을 할 수 있으면 얼마나 좋을까!"

앨리스가 바람결에 우아하게 살랑거리는 참나리에게 말을 걸었다.

"우리도 말을 할 수가 있어. 대화할 가치가 있는 사람을 만난다면."

참나리가 대답했다. 앨리스는 깜짝 놀라 잠시 동안 아무 말도 할 수 없었다. 숨이 완전히 멎을 것만 같았다. 참나리가 계속 살랑거리자 마침내 앨리스가 머뭇거리며 기어드는 목소리로 물었다.

"그럼 꽃들은 다 말할 수 있니?"

"너만큼이나 잘할 수 있지. 훨씬 더 크게 말할 수도 있고."

참나리가 대답했다.

"우리가 먼저 말을 거는 건 예의가 아니어서, 난 네가 언제 말을 걸어올까 무척 궁금하던 참이었어! 난 속으로 '얘는 얼굴이 분별력 있어 보이는데 영리한 아이는 아닌 것 같아!' 하고 생각했어. 아무튼 너는 색이 좋구나. 그러면 색이 오래가지."

장미가 끼어들어 말했다.

"난 색에는 관심 없어. 다만 얘는 꽃잎이 조금 더 위로 말려 올라갔으면 아주 좋았을 것 같아."

참나리가 평했다. 앨리스는 흠을 잡히는 게 싫어서 질문을 하기 시작했다.

"돌봐 주는 사람도 없이 여기 밖에 이렇게 심어져 있는 게 때로는 무섭지 않니?"

"가운데에 저 나무가 있음 됐지, 달리 뭐가 더 필요해?"

장미가 대꾸했다.

"하지만 위험이 닥치면 저 나무가 무엇을 할 수 있는데?"

앨리스가 물었다.

"짖을 수 있지."

장미가 대답했다.

"'가! 지지!' 하고 짖어! 그래서 나무의 팔을 '가지'라고 부르는 거야!"

데이지가 큰 소리로 말했다.

"넌 그것도 몰랐어?"

다른 데이지가 소리쳤다. 그러자 데이지들이 모두 한꺼번에 소리치기 시작해 급기야 대기는 작고 날카로운 목소리들로 가득 찼다.

"다들 조용히 못해!"

참나리가 좌우로 몸을 심하게 흔들며 흥분해서 떨리는 목소리로 외쳤다.

"쟤네들은 내가 자기들을 어떻게 못한다는 걸 아는 거야! 그렇지 않고는 감히 저럴 수가 없어!"

참나리가 앨리스 쪽으로 떨리는 머리를 기울이고 숨을 헐떡이며 덧붙였다.

"신경 쓰지 마!"

앨리스가 참나리를 달래며 이제 막 또다시 떠들기 시작한 데이지들에게 허리를 숙이고 나지막한 목소리로 으름장을 놓았다.

"입 닥치지 않으면 다 꺾어 버릴 줄 알아!"

순식간에 쥐 죽은 듯 조용해졌고 분홍색 데이지 몇 송이는 새하얗게 질리기까지 했다.

"잘했어! 데이지들이 가장 못됐어. 하나가 말하면 다들 한꺼번에 떠들기 시작해서 계속 듣다간 지쳐 시들어 버릴 지경이라니까!"

참나리가 말했다.

"어쩜 그렇게 말을 잘할 수 있니? 정원에 많이 가 봤지만 말을 할 줄 아는 꽃은 처음 봤어."

앨리스가 참나리의 기분을 풀어 주고 싶어서 칭찬했다.

"땅에 손을 대고 느껴 보렴. 그러면 이유를 알 수 있을 거야."

참나리가 말했다. 앨리스는 참나리가 말한 대로 했다.

"무척 딱딱하네. 하지만 이게 그것과 무슨 상관있는지 모르겠어."

"대부분의 정원은 침대가 너무 푹신푹신해. 그래서 꽃들이 늘 잠들어 있지."

참나리의 설명이 꽤 그럴싸하게 들렸다. 그래서 앨리스는 새로운 사실을 알게 된 것 같아 대단히 기뻤다.

"전혀 그런 생각은 못해 봤어!"

"내가 볼 땐 넌 전혀 생각이라는 걸 하지 않는 것 같은데."

장미가 다소 비아냥거리는 말투로 끼어들었다.

"너보다 더 멍청해 보이는 애는 한 번도 본 적이 없어."

이제까지 아무 말이 없던 제비꽃이 느닷없이 끼어들어 말하자 앨리스는 깜짝 놀랐다.

"닥치지 못해! 다른 사람은 본 적도 없으면서! 잎사귀 아래에 얼굴을 파묻고 코나 드르렁거리며 자다 보니 세상이 어찌 돌아가는지, 봉오리였을 때보다 더 모르는 주제에!"

참나리가 호통을 쳤다.

"이 정원에 나 말고 다른 사람이 더 있니?"

앨리스는 장미의 마지막 말은 무시하기로 하고 물었다.

"우리 정원에는 너처럼 이리저리 돌아다닐 수 있는 꽃이 하나 더 있어. 너희가 어떻게 그렇게 돌아다니는지 궁금해…….(장미가 이렇게 말하는데 참나리가 "넌 참 궁금한 것도 많다." 하고 참견했다.) 그런데 그 꽃은 너보다 더 잎이 무성해."

장미가 말했다.

"나랑 비슷하게 생겼니?"

앨리스가 열띤 목소리로 물었는데 '여기 정원 어딘가에 다른 여자애가 있나 보구나!' 하는 생각이 떠올랐기 때문이다.

"그래, 너처럼 볼품없이 생기기는 했어. 하지만 그 꽃은 너보다 더 빨갛고 꽃잎들은 더 짧았던 것 같아."

장미가 말했다.

"달리아처럼 꽃잎들이 바짝 위로 치켜 올라가 있어. 아무튼 너처럼 막 엉클어져 있지는 않아."

참나리가 말했다.

"하지만 그건 네 탓이 아냐. 너는 시들기 시작했잖아. 그러니 어떤 꽃이든 꽃잎이 흐트러질 수밖에 없지."

장미가 상냥하게 덧붙였다. 앨리스는 그 말이 전혀 맘에 들지 않았다. 그래서 화제를 바꾸려고 물었다.

"걔가 여기 나온 적이 있니?"

"곧 보게 될 거야. 그 꽃은 뿔이 아홉 개 난 품종이야."

장미가 말했다.

"뿔이 어디에 나 있는데?"

앨리스가 호기심에 가득 차서 물었다.

"어디긴 어디야, 당연히 머리 둘레지. 그런데 너는 왜 뿔이 나지 않은지 궁금해. 나는 그게 일반적인 규칙인 줄 알았는데."

장미가 말했다.

"그 꽃이 온다! 쿵, 쿵, 쿵, 자갈길을 걸어오는 그 꽃의 발소리가 들려!"

참제비고깔이 외쳤다. 앨리스가 열심히 주위를 둘러보았는데 그 발소리의 주인공은 바로 붉은 여왕이었다.

"엄청나게 커졌네!"

앨리스가 붉은 여왕을 보고 처음으로 한 말이었다. 붉은 여왕은 정말로 엄청나게 커져 있었다. 앨리스가 난로 재 속에서 처음 발견했을 때 붉은 여왕은 7센티미터에 불과했었다. 그런데 지금은 앨리스보다 머리의 절반 정도가 더 커져 있지 않은가!

"저렇게 된 건 신선한 공기 때문이야. 여기 바깥은 공기가 정말로 좋거든."

장미가 말했다.

"가서 만나 봐야지."

앨리스가 이렇게 말했는데, 꽃들도 무척 재미있기는 하지만 진짜 여왕과 이야기를 나누는 것이 훨씬 더 멋질 것 같았기 때문이다.

"그렇게 못할걸. 내가 충고하는데 반대 방향으로 걸어가 봐."

장미가 말했다. 앨리스는 말도 안 되는 소리 같아서 아무 대꾸도 않고 곧장 붉은 여왕 쪽으로 걸어가기 시작했다. 그런데 놀랍게도 붉은 여왕은 순식간에 눈앞에서 사라지고 어느새 앨리스는 다시 현관문 앞에서 집 안으로 걸어 들어가고 있었다.

앨리스는 조금 짜증이 나서 뒤로 물러서며 붉은 여왕을 찾아 여기저기 둘러본 뒤(앨리스는 마침내 저 멀리에 있는 붉은 여왕을 찾았다.) 이번에는 여왕의 반대 방향으로 걸어가 보자고 계획을 세웠다.

그 계획은 멋지게 성공을 거두었다. 일 분도 채 걷지 않았는데 앨리스는 붉은 여왕과 얼굴을 마주 보고 서 있었으며, 눈앞에는 그토록 닿고 싶어 하던 언덕이 펼쳐져 있었다.

"넌 어디서 왔느냐? 그리고 어디로 가는 것이냐? 고개를 들고 제대로 말해 봐. 그렇게 계속 손가락을 빙빙 돌리지 말고."

붉은 여왕이 지시했다. 앨리스는 붉은 여왕의 지시 사항을 모두 따르며 자기의 길을 잃어버렸다고 최대한 잘 설명했다.

"'너의' 길이라니 무슨 뜻인지를 모르겠구나. 이곳의 모든 길

은 '나의' 것인데⋯⋯. 그건 그렇고 넌 왜 여기 이곳으로 나온 거니?"

여왕이 조금 더 다정한 목소리로 덧붙여 물었다.

"뭐라고 말할지 생각하는 동안 절을 하렴. 그러면 시간이 절약되지."

앨리스는 이 말에 다소 의아했지만 여왕이 너무나도 두려운 나머지 그 말을 믿지 않을 수 없었다.

'집에 돌아가면 한번 해 봐야지. 다음번 저녁 식사 시간에 조금 늦으면.'

앨리스는 속으로 생각했다.

"자, 이제 네가 답할 시간이야."

붉은 여왕이 자신의 손목시계를 보며 말했다.

"말할 때는 입을 조금 더 크게 벌리고 말하고 말끝에는 늘 '폐하'라고 붙여야 해."

"전 그냥 정원이 어떻게 생겼는지 보고 싶었을 뿐이에요, 여왕 폐하……."

"좋아, 잘했어."

붉은 여왕이 앨리스의 머리를 쓰다듬으며 칭찬했는데, 앨리스는 누가 자기 머리를 쓰다듬는 걸 몹시 싫어했다.

"그런데 네가 이걸 '정원'이라고 부르니 말인데, 난 정원들을 많이 봐 왔는데 그것들에 비하면 이건 황무지야."

앨리스는 그 말에 감히 반박하지 못하고 계속 말을 이어 나갔다.

"그리고 저 언덕 꼭대기에 올라가는 길을 찾아보려고……."

"네가 저걸 '언덕'이라고 부르니 말인데, 내가 너에게 진짜 언덕다운 언덕들을 보여 주면 넌 저걸 골짜기라고 부르게 될 거야."

"아니에요, 전 그러지 않을 거예요."

결국 앨리스가 엉겁결에 여왕의 말에 반박하고는 자신도 깜짝 놀랐다.

"언덕은 절대 골짜기가 될 수 없어요. 그건 말도 안 되는 소리예요……."

붉은 여왕이 고개를 저었다.

"네가 바란다면 그걸 '말도 안 되는 소리'라고 불러도 좋아. 하지만 난 말도 안 되는 소리를 많이 들어 봤는데, 그것에 비하면 이건 사전만큼이나 분별 있는 소리야!"

앨리스는 다소 기분 상한 듯한 여왕의 말투에 두려워져서 다시 무릎을 굽히고 몸을 숙여 공손히 절했다. 그러고는 여왕과 함께 말없이 걸어가 그 작은 언덕 꼭대기에 도착했다.

몇 분 동안 앨리스는 말없이 서서 그 나라의 사방을 둘러보았는데 그곳은 참으로 기이한 나라였다. 수많은 작은 개울들이 이쪽에서 저쪽으로 가로질러 곧게 흐르고 있었고, 개울과 개울을 잇는 수많은 작은 초록색 울타리들이 그 사이에 있는 땅을 정사각형으로 나누고 있었다.

"꼭 거대한 체스 판처럼 생겼네요!"

마침내 앨리스가 말했다.

"체스 말들이 어딘가에서 여럿 움직이고 있어야 하는데. 아, 저기 있다!"

앨리스가 기쁜 목소리로 덧붙였다. 흥분으로 심장이 빠르게 뛰기 시작했다.

"정말 거대한 체스 게임이 벌어지고 있어. 세계를 무대로 하

는. 이게 세계라면 말이야. 아, 정말 재밌겠다! 나도 체스 말이 되어 게임에 낄 수 있다면 얼마나 좋을까! 게임에 낄 수만 있다면 졸이라도 상관없는데. 물론 여왕이 되면 가장 좋겠지만."

앨리스는 이렇게 혼잣말을 하면서 조금 수줍게 슬쩍 진짜 여왕을 쳐다봤다. 하지만 여왕은 상냥하게 미소를 지으며 말했을 뿐이다.

"그거야 아주 쉽지. 릴리는 너무 어려서 게임을 못하니까. 네가 바란다면 넌 하얀 여왕의 졸이 될 수 있어. 먼저 둘째 칸에서 출발하렴. 여덟째 칸에 이르면 너도 여왕이 될 수 있어……."

바로 그 순간 어찌 된 일인지 그들은 함께 달리기 시작했다.

나중에 아무리 곰곰이 생각해 봐도 그들이 어떻게 해서 함께 달리기 시작했는지 도무지 알 수 없었다. 앨리스가 기억하는 전

부는 그들이 손을 잡고 달리고 있었는데 여왕이 엄청나게 빨라서 자기는 여왕에게 뒤처지지 않으려고 부지런히 달렸단 사실뿐이다. 그런데도 여왕은 계속 "더 빨리! 더 빨리!" 하고 외쳐 댔고 앨리스는 이보다 더 빨리 달릴 수 없다고 생각했지만 숨이 차서 그렇게 말할 수도 없었다.

가장 이상한 일은 나무를 비롯한 주위의 모든 것들이 있던 자리에서 위치가 전혀 바뀌지 않았다는 점이다. 그들은 아무리 빨리 달려도 절대 어떤 것도 지나치지 못하는 듯했다.

'다른 모든 것들도 우리를 따라 움직이는 건가?'

가엾게도 당혹스러워진 앨리스가 속으로 생각했다. 그러자 여왕이 앨리스의 생각을 읽은 것처럼 "더 빨리! 말하려고 하지 마!" 하고 외쳤다.

앨리스는 말할 생각은 하지도 않았다. 숨이 턱까지 차올라서 다시는 절대 말하지 못할 것만 같았다. 그런데도 여왕은 계속 "더 빨리! 더 빨리!" 하고 외치며 앨리스를 끌어당겼다.

"거의 다 왔나요?"

마침내 앨리스가 숨을 헐떡이면서 간신히 물었다.

"거의 다 왔냐니!"

여왕이 앨리스의 말을 반복했다.

"십 분 전에 지나쳤어! 더 빨리!"

그러고는 그들은 한동안 말없이 계속 달렸다. 앨리스의 귓전에서 바람이 씽씽 불었는데 앨리스는 이러다 머리카락이 바람에

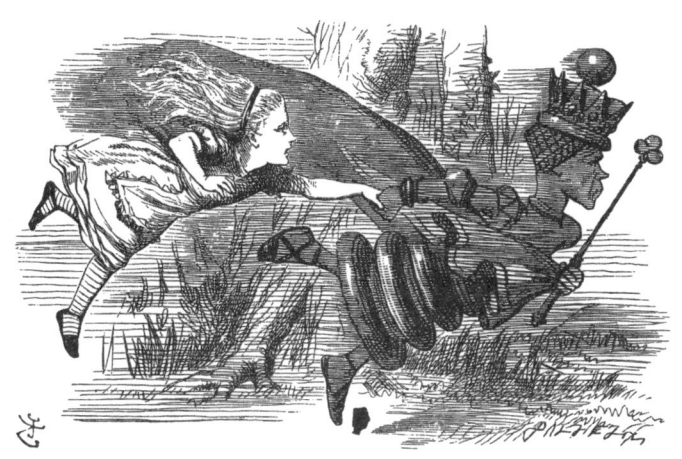

날려 다 뽑혀 버릴지도 모른다고 생각했다.

"자! 어서! 더 빨리! 더 빨리!"

여왕이 소리쳤다. 그렇게 너무나도 빨리 달리다 보니 그들은 마침내 발이 거의 땅에 닿지 않고 공중을 미끄러져 날아가는 듯했다. 그러디 앨리스가 완진히 지쳐 떨어졌을 때쯤 그들은 갑자기 딱 멈췄는데, 어느새 앨리스는 숨이 차고 어질어질한 채로 땅바닥에 앉아 있었다.

여왕이 앨리스를 나무에 기대어 놓은 다음 다정하게 말했다.

"이젠 좀 쉬어도 된단다."

앨리스는 주위를 둘러보다가 깜짝 놀랐다.

"이런, 계속 이 나무 밑이네요! 모든 게 아까와 똑같잖아요!"

"당연하지. 그럼 어떻게 될 줄 알았는데?"

여왕이 말했다.

"있잖아요. 우리 나라에서는…… 우리가 했던 것처럼 오랫동안 아주 빨리 달리면…… 대개 어딘가 다른 곳에 도착하게 되거든요."

앨리스가 아직도 숨을 약간 헐떡이며 말했다.

"느림보 나라로군! 여기 이곳에서는, 이제 너도 알다시피 계속 같은 자리에 머물고 싶으면 있는 힘껏 달려야 해. 어딘가 다른 곳에 가고 싶다면 이것보다 적어도 두 배는 더 빨리 달려야 하지!"

"그럼 전 다른 곳에 가지 않는 게 좋겠어요! 전 여기 있는 데 아주 만족해요. 다만 무척 덥고 목이 말라요!"

"네가 무엇을 좋아할지 알아! 비스킷 하나 먹을래?"

여왕이 호주머니에서 작은 상자 하나를 꺼내며 마음씨 좋게 말했다. 비스킷은 전혀 자신이 바라던 것이 아니었지만 "아뇨." 하고 대답하는 건 예의에 어긋날 것 같았다. 그래서 비스킷을 받아 최대한 열심히 먹었다. 비스킷이 너무나 퍽퍽했기 때문에 앨리스는 비스킷을 먹다가 목이 멜 것 같은 경우는 평생 처음이라고 생각했다.

"네가 기운을 차리는 동안 난 측량이나 해야겠다."

여왕이 말하고는 호주머니에서 센티미터가 표시된 줄자를 꺼내 땅을 재면서 여기저기 작은 말뚝을 박기 시작했다.

"2미터 되는 지점에서 네가 갈 방향을 알려 주마. 비스킷 하나 더 먹을래?"

여왕이 거리를 표시하려고 말뚝을 박으며 말했다.

"고맙지만 사양할래요. 하나면 충분해요!"

"갈증은 가셨겠지?"

앨리스는 이 말에 뭐라고 대답해야 할지 몰랐지만 다행히도 여왕은 앨리스의 대답을 기다리지 않고 계속 말했다.

"3미터 되는 지점에서 네가 갈 방향을 다시 한 번 말해 주마. 네가 잊어버릴지도 모르니까 말이야. 4미터 되는 지점에서는 작별 인사를 할 거야. 그리고 5미터 되는 지점에서 난 떠날 거야!"

여왕은 이때쯤 모든 말뚝을 다 박았고, 앨리스는 여왕이 나무로 돌아왔다가 줄지어 박아 놓은 말뚝을 따라 천천히 걸어가기 시작하는 모습을 아주 흥미롭게 지켜보았다. 2미터 지점의 말뚝에 이르자 여왕이 앨리스를 돌아보며 말했다.

"졸은 첫 번째 수에서 두 칸을 갈 수 있어. 그러니 셋째 칸을 정말 빠르게 지나갈 거야…… 기차를 타는 게 좋을 거야……. 그럼 넌 곧바로 넷째 칸에 있게 될 거야. 음, 그 칸은 트위들덤과 트위들디의 영역이야……. 다섯째 칸은 거의가 다 물이고……. 여섯째 칸은 험프티 덤프티의 영역이야……. 그런데 넌 왜 말이 없지?"

"저는…… 제가 그때그때 말을 해야 하는 줄 몰랐어요."

앨리스가 더듬거리며 말했다.

"당연히 말을 했어야지."

여왕이 엄하게 꾸짖는 말투로 말을 이어 갔다.

"'이렇게 다 일러 주시다니 정말로 친절하시군요.'라고 말했어야지. 하지만 말했다고 치자꾸나…… 일곱째 칸은 온통 숲이야……. 하지만 기사 하나가 너에게 길을 알려 줄 거야……. 여덟째 칸에서 우리는 함께 여왕이 될 거고 그러면 성대한 연회를 즐길 수 있어!"

앨리스가 일어나 무릎을 굽히고 허리를 숙여 절을 하고는 다시 앉았다. 다음 말뚝에서 여왕이 다시 돌아보며 이번에는 이렇게 말했다.

"영어로 뭐라고 하는지 하나도 생각이 안 나면 프랑스 어로 말하렴. 걸을 때는 발가락을 바깥쪽으로 향하게 하고…… 그리고 네 자신이 누구인지를 기억해!"

여왕은 앨리스가 공손히 절하기를 기다리지 않고 다음 말뚝으로 빠르게 계속 걸어가더니 그 말뚝 앞에서 잠시 돌아보며 "잘 가거라."라고 말하고는 서둘러 마지막 말뚝으로 걸어갔다.

어떻게 해서 그런 일이 일어났는지 앨리스는 전혀 몰랐지만 여왕은 정확히 마지막 말뚝에 이르는 순간 흔적도 없이 사라져 버렸다. 하늘로 솟았는지 숲 속으로 쏜살같이 달려가 버렸는지 ('여왕은 굉장히 빨리 달릴 수 있으니까!' 하고 앨리스는 생각했다.) 알 도리가 없었지만 여왕은 사라져 버렸고, 앨리스는 자신이 졸이라는 사실과 이제 곧 움직일 시간이라는 사실을 기억해 냈다.

제3장
거울 나라의 곤충들

물론 가장 먼저 해야 할 일은 앞으로 여행하게 될 나라를 총괄적으로 살펴보는 것이었다.

'그건 지리를 공부하는 것과 무척 비슷해.'

앨리스가 조금 더 멀리 볼 수 있을까 기대하며 까치발을 하고 서서 생각했다.

'주요한 강들은…… 하나도 없네. 주요한 산들은…… 지금 내가 올라서 있는 이 언덕이 유일한 산이지만 이 언덕에 이름이 있을 것 같지는 않아. 주요한 도시들은…… 어머, 저 아래에서 꿀을 모으고 있는 저 생물들은 뭐지? 꿀벌일 리는 없는데…… 1킬로미터나 떨어져 있는 꿀벌을 알아볼 수 있는 사람은 아무도 없으니까…….'

그러면서 앨리스는 한동안 말없이 서서 그 생물들 가운데 하나가 꽃들 사이를 이리저리 바삐 돌아다니다가 주둥이를 꽃 속에 찔러 넣는 모습을 지켜보며 '꼭 진짜 꿀벌 같네.' 하고 생각했다.

하지만 그것은 진짜 꿀벌이 아니라 사실은 코끼리였다. 앨리스는 이내 그 사실을 알아차리고 처음에는 숨이 멎을 것만 같았다. 다음으로 '그렇다면 꽃들은 엄청나게 크겠구나!'라고 생각했다.

'꽃들은 지붕을 떼어 내고 줄기를 받친 오두막 같을 거야. 그리고 코끼리들이 꿀을 모았다면 꿀의 양은 또 얼마나 많을까! 내려가 봐야겠어……. 아냐. 아직은 안 돼.'

앨리스는 언덕을 내려가려다 걸음을 멈추고 그렇게 갑작스레 조심스러워지게 된 것에 대한 핑계를 찾으려고 애썼다.

'저것들을 쓸어 낼 만큼 긴 나뭇가지도 없이 내려가는 건 전혀 좋지 않아. 산책이 어땠냐고 사람들이 물어보면 정말 재밌겠어. 그러면 나는 이렇게 대답해야지. "아, 정말 좋았어요.(이 대목에서 앨리스는 머리를 살짝 치켜드는 가장 즐겨 하는 몸짓을 취했다.) 너무 먼지가 많고 날이 덥고 코끼리들이 많이 성가시게 하긴 했지만요!"'

앨리스는 잠시 가만히 있다가 혼잣말을 했다.

"반대쪽으로 내려가 봐야겠어. 코끼리들은 나중에 들러 봐도 돼. 게다가 나는 셋째 칸으로 어서 빨리 가고 싶어!"

앨리스는 이렇게 핑계를 대며 언덕을 달려 내려가서 여섯 개의 작은 개울 가운데 첫 번째 개울을 폴짝 뛰어넘었다.

* * * * *

"표를 보여 주세요!"

차장이 창문으로 고개를 들이밀고 말했다. 그러자 순식간에 다들 차표를 내밀었는데 차표 크기가 거의 승객만 해서 객차 안이 차표로 가득 찬 것 같았다.

"자아, 어서! 꼬마야, 표를 보여 달라니까!"

차장이 화난 얼굴로 앨리스를 보며 말했다. 그러자 수많은 목소리들이 한꺼번에 외쳤다.('꼭 합창하는 것 같네.' 하고 앨리스는 생각했다.)

"꼬마야, 차장을 기다리게 하지 마! 차장의 시간은 일 분에 천 파운드의 가치가 있지!"

"죄송하지만 표가 없는데요. 제가 탄 곳에는 매표소가 없었어요."

앨리스가 겁먹은 목소리로 말했다. 그러자 수많은 목소리가 다시 합창을 했다.

"이 아이가 탄 곳에는 매표소 자리가 없었대. 그곳 땅은 일 센티미터에 천 파운드의 가치가 있지!"

"변명하지 마. 그럼 기관사한테 표를 샀어야지."

차장이 말했다. 그러자 한 번 더 수많은 목소리들이 합창했

다.

　"기차를 모는 사람. 연기 한 번 내뿜는 데 천 파운드의 가치가 있지!"

　'그렇다면 말해 봤자 아무 소용없잖아.'

　앨리스는 속으로 생각했다. 앨리스가 아무 말도 하지 않자 이번에는 목소리들이 끼어들지 않았다. 하지만 대단히 놀랍게도 목소리들 모두가 '아무 말도 안 하는 게 나아. 말은 한 마디에 천 파운드의 가치가 있지!' 하고 합창하듯 생각했다.('합창하듯 생각했다'는 말이 무슨 뜻인지 여러분이 이해하기를 바란다. 왜냐하면 솔직히 고백컨대 나는 그 말을 이해하지 못하기 때문이다.)

‘아무래도 오늘 밤에는 천 파운드에 대한 꿈을 꿀 것 같아. 틀림없이 그러겠어.’

앨리스는 생각했다. 그러는 동안 내내 차장은 앨리스를 쳐다보고 있었다. 처음에는 망원경으로, 그다음에는 현미경으로, 또 그다음에는 오페라용 쌍안경으로. 마침내 차장이 "너는 반대 방향으로 가고 있어."라고 말하더니 창문을 닫고 가 버렸다.

"아무리 어린애라도 자기가 가는 방향쯤은 알아야지. 자기 이름은 모르더라도!"

앨리스 맞은편에 앉은 신사가(그는 하얀 종이옷을 입고 있었다.) 말했다.

"아무리 그래도 매표소 가는 길쯤은 알아야지. 글자는 모르더라도!"

하얀 종이옷을 입은 신사 옆에 앉은 염소도 눈을 감고 큰 소리로 한 마디 보탰다.

염소 옆에는 딱정벌레가 앉아 있었는데,(그 객차는 정말 이상한 승객들로 가득 차 있었다.) 모두 차례로 돌아가며 한 마디씩 해야 한다는 규칙이라도 있는 것처럼 딱정벌레도 이어서 한 마디 거들었다.

"저 아이는 수화물로 돌려보내야 할 거야."

그다음에는 앨리스에게 보이지는 않지만 딱정벌레 다음에 앉은 승객이 마른 목소리로 말하는 소리가 들렸다. 그 목소리는 "기차를 갈아 타……."까지 말하고는 목이 메어 그만 말해야 했다.

'말소리를 들어 보니 말인가 보네.'

앨리스는 속으로 생각했다. 그러자 굉장히 작은 목소리가 바로 앨리스의 귀 옆에서 소곤거렸다.

"'말'과 '마른 말소리'로 말장난을 해 주지 않을래?"

그때 멀리서 부드러운 목소리가 말했다.

"저 여자애를 수화물로 돌려보내려면 '여자아이, 취급 주의'라는 꼬리표를 달아야 해."

그런 뒤 다른 목소리들이 계속 말을 이어 갔다.('이 객차 안에 정말 많이도 탔네.' 하고 앨리스는 생각했다.)

"우편으로 보내야 해. 머리가 달려 있으니까……."

"전보로 보내야 해……."

"남은 길은 저 애가 직접 기차를 끌고 가야 해……."

이와 같은 말들이 이어졌다. 하지만 하얀 종이옷을 입은 신사는 몸을 앞으로 기울이더니 앨리스의 귀에 대고 속삭였다.

"저자들이 무슨 말을 하든 신경 쓰지 마. 하지만 기차가 멈출 때마다 돌아가는 표를 사 둬."

"싫어요! 이 기차 여행은 나한테는 해당 사항 없어요. 나는 방금 전까지만 해도 숲 속에 있었단 말이에요. 그럴 수만 있다면 숲 속으로 다시 돌아가고 싶어요!"

앨리스가 조바심을 내며 말했다. 작은 목소리가 앨리스의 귓전에서 속삭였다.

"'그럴 수만 있다면 그러고 싶어요.'로 말장난을 해 주지 않을래?"

"제발 그렇게 성가시게 굴지 좀 마."

앨리스는 그 작은 목소리가 어디에서 나오는지 보려고 이리 저리 둘러봤지만 헛수고였다.

"그렇게 말장난을 하고 싶으면 네가 직접 하면 되잖아!"

작은 목소리가 한숨을 푹 쉬었다. 한숨 소리가 어찌나 불행하게 들리는지 앨리스는 '그 목소리의 주인공이 다른 사람들처럼 한숨을 쉬었다면!' 위로의 말을 건넸을 것 같다고 생각했다. 하지만 그 작은 목소리의 한숨 소리가 얼마나 작았는지 귓가에 바싹 대고 말하지 않았더라면 앨리스에게 전혀 들리지도 않았을 것이다. 앨리스는 그 한숨 때문에 귀가 심하게 간지러워서 그 작고 불쌍한 생물의 불행에 대해 생각할 여유 따위가 없었다.

"나는 네가 친구란 걸 알아. 소중한 친구. 오랜 벗이지. 그리고 넌 날 해치지 않겠지. 내가 곤충이라도."

작은 목소리가 계속 말했다.

"어떤 곤충인데?"

앨리스가 다소 걱정스럽게 물었다. 사실 앨리스가 진짜로 궁금한 건 그 곤충이 무는 곤충인가 아닌가 하는 것이었지만 그건 다소 예의에 어긋난 질문 같아서 바로 대놓고 묻지 못했다.

"뭐라고? 그러면 너는……."

작은 목소리가 말을 하기 시작했지만 바로 그때 날카로운 기적 소리가 나는 바람에 파묻혀 버렸고, 앨리스를 비롯한 모든 승객이 깜짝 놀라 벌떡 일어났다.

"우리 기차가 개울을 훌쩍 뛰어넘어서 그런 것뿐이야."

차창 밖으로 머리를 내밀고 있던 말이 조용히 머리를 다시 안으로 집어넣으며 설명했다.

다들 말의 설명에 근심이 풀린 것 같았지만 앨리스는 기차가 개울을 훌쩍 뛰어넘는다는 생각에 약간 불안해졌다.

"하지만 넷째 칸으로 갈 테니까 그건 아주 다행이야!"

앨리스가 혼잣말을 했다. 다음 순간 앨리스는 기차가 곧장 하늘로 날아오르는 느낌에 깜짝 놀라서 가장 가까이 있는 것을 붙잡았는데, 그건 공교롭게도 염소의 수염이었다.

* * * * *

하지만 앨리스의 손이 닿는 순간 염소의 수염이 녹아 없어지면서 앨리스는 어느새 나무 아래에 조용히 앉아 있었다. 그리고 각다귀(이것이 바로 앨리스에게 말을 걸었던 곤충이다.)가 앨리스 머리 위의 나뭇가지에서 몸의 균형을 잡고 앉아 날개로 앨리스에게 부채질을 해 주고 있었다.

각다귀가 엄청나게 커서 앨리스는 '거의 닭만 하네.' 하고 생각했다. 그래도 꽤 오랫동안 이야기를 나눴던 터라 별로 불안하지는 않았다.

"그러면 너는 곤충을 다 좋아하지는 않는 거니?"

각다귀가 마치 아무 일도 일어나지 않았다는 듯 굉장히 조용하게 말을 이었다.

"나는 말을 할 줄 아는 곤충이 좋아. 내가 온 곳에서는 어떤 곤충도 말을 못했어."

앨리스가 대답했다.

"네가 온 곳에서 넌 어떤 종류의 곤충을 좋아했는데?"

"난 곤충을 전혀 좋아하지 않았어. 엄청 무서워서 말이야. 아무튼 큰 곤충들은 그랬어. 하지만 어떤 곤충들이 있는지 몇몇의 이름은 말해 줄 수 있어."

앨리스가 설명했다.

"물론 그 곤충들도 자기 이름을 부르면 답하겠지?"

각다귀가 무관심하게 물었다.

"곤충이 그러는 건 전혀 못 봤는데."

"그렇다면 그 곤충들에게 이름이 있어 봤자 무슨 소용이 있어? 이름을 불러도 대답을 않는다면 말이야."

각다귀가 말했다.

"걔네들에게는 소용이 없지. 하지만 걔네들을 부르는 사람들에게는 소용이 있는 것 같아. 그렇지 않다면 왜 모든 사물에 이름이 있겠어?"

앨리스가 말했다.

"글쎄, 난 잘 모르겠어. 저기 저쪽 숲 속의 곤충들에게는 이름이 없어. 그냥 네가 아는 곤충들 이름이나 말해 줘. 시간 낭비

하지 말고."

각다귀가 말했다.

"음, 말파리가 있고."

앨리스가 손가락으로 꼽아 가며 곤충의 이름을 대기 시작했
다.

"좋아. 저 수풀 중간쯤에 잘 보면 흔들목마파리(*영어로 말
파리는 'horse-fly'인데, 'horse'대신 흔들 목마를 뜻하는 'rocking
horse'를 붙여 말장난을 한 것.)가 보일 거야. 흔들목마파리는 온몸
이 나무로 되어 있는데 몸을 앞뒤로 흔들어서 이 가지에서 저 가
지로 돌아다녀."

"흔들목마파리는 뭘 먹고 살아?"

앨리스가 잔뜩 호기심이 나서 물었다.

"수액과 톱밥을 먹고 살아. 계속 곤충 이름을 대 봐."

앨리스는 아주 흥미로워서 흔들목마파리를 자세히 살펴보았는데, 색이 무척 선명하고 끈적거려 보여서 방금 막 다시 페인트칠을 한 것이 틀림없다고 결론을 내렸다. 앨리스는 계속 이름을 대 나갔다.

"잠자리도 있어."

"네 머리 위의 나뭇가지를 봐. 거기에 불타는건포도잠자리(*영어로 잠자리는 'dragon-fly'인데, 'dragon'대신 건포도를 브랜디에 넣어 불붙인 다음 꺼내는 크리스마스 놀이를 뜻하는 'snap dragon'를 붙여 말장난을 한 것.)가 보이지? 몸은 건포도 푸딩(*영국에서 크리스마스에 즐겨 먹던 말린 과일을 넣어 만든 푸딩.)으로, 날개는 호랑가시나무 잎(*크리스마스 장식으로 많이 쓰임.)으로, 머리는 브랜디에 넣어 불을 붙인 건포도로 되어 있지."

"그건 뭘 먹고 살아?"

앨리스가 아까와 똑같은 질문을 했다.

"프루멘티(*크리스마스에 즐겨 먹던 우유 밀죽.)와 민스 파이(* 크리스마스에 즐겨 먹던 말린 과일과 다진 고기를 넣어 만든 파이.)를 먹고 살아. 그리고 크리스마스 선물 상자 안에 둥지를 틀지."

각다귀가 대답했다. 앨리스는 머리에 불이 붙은 불타는건포 도잠자리를 충분히 살펴보며 '곤충들이 촛불 속으로 날아드는 걸 그렇게 좋아하는 이유가 바로 이것 때문인가 봐. 자기들도 불 타는건포도잠자리가 되고 싶어서 말이야!' 하고 속으로 생각했 다.

"그리고 또 나비도 있어."

앨리스가 계속 이름을 댔다.

"그건 네 발밑에 기어다니고 있어."

각다귀가 말했다.(앨리스는 깜짝 놀라 뒷걸음질을 쳤다.)

"자세히 살피면 버터빵나비(*영어로 나비는 'butter-fly'인데, 'butter'대신 버터 바른 빵을 뜻하는 'bread and butter-fly'를 붙여 말 장난을 한 것.)가 보일 거야. 날개는 얇은 버터 바른 빵 조각이고 몸은 빵 껍질, 머리는 각설탕으로 되어 있어."

"그럼 그건 뭘 먹고 사는데?"

"크림을 넣은 연한 차."

앨리스의 머릿속에 새로운 의문이 떠올랐다.

"그런 걸 못 찾으면?"

"그럼 당연히 죽겠지."

"그럼 그런 일이 꽤 자주 일어나겠다."

앨리스가 생각에 잠겨 말했다.

"늘 일어나는 일이지."

그 뒤 앨리스는 잠시 깊은 생각에 빠져 가만히 있었다. 그동안 각다귀는 앨리스의 머리 위에서 빙빙 돌며 즐겁게 콧노래를 흥얼거렸다. 마침내 각다귀가 다시 내려앉으며 말했다.

"넌 이름을 잃고 싶지 않겠지?"

"당연하지."

앨리스가 다소 걱정스럽게 대답했다.

"난 잘 모르겠어. 네가 이름 없이 집으로 돌아가면 얼마나 편할지 생각해 봐! 예를 들어 가정 교사가 수업을 하자고 널 부르려고 '이리 와…….' 하고 말하다가도 부를 이름이 없으니까 말을 그만둬야 할 거잖아. 그럼 물론 넌 수업 받으러 갈 필요도 없을 테고."

"전혀 그럴 일은 없을 거야. 가정 교사는 그런 이유로 수업을 빼먹어도 된다고는 절대 생각하지 않으니까. 만약 내 이름이 기억나지 않으면 하인들이 그러듯 그냥 나를 '아가씨!' 하고 부를 거야."

"음, 만약 가정 교사가 '아가씨' 하고 부르고 더 이상 아무 말도 덧붙이지 않으면 넌 당연히 수업을 빼먹을 수 있지.(*'아가씨'를 뜻하는 'miss'에는 '수업을 빼먹다'는 뜻도 있다.) 말장난이야. 이 말장난을 네가 했더라면 좋았을 텐데."

"왜 내가 그런 말장난을 하기를 바라니? 정말 재미없는 말장난인데."

각다귀가 깊이 한숨을 푹 쉬었는데 커다란 눈물 두 방울이 각다귀의 두 뺨을 타고 흘러내렸다.

"말장난이 너를 그렇게 불행하게 한다면 말장난을 해서는 안 돼."

앨리스가 말했다. 그러자 또다시 우울하고 조그만 한숨 소리가 들렸다. 하지만 앨리스가 위를 올려다봐도 나뭇가지에 아무것도 보이지 않은 것을 보면 이번에는 불쌍한 각다귀가 정말로 자기 한숨에 실려 날아가 버린 것 같았다. 앨리스는 그렇게 오랫동안 가만히 앉아 있다 보니 으슬으슬 한기가 들어 일어나서 걷기 시작했다.

앨리스는 이내 탁 트인 들판에 이르렀는데 맞은편에 숲이 있었다. 그 숲은 지난번 숲보다 훨씬 더 어두워 보여서 앨리스는 숲 속으로 들어가기가 약간 겁이 났다. 하지만 한 번 더 생각해 본 뒤 숲 속으로 들어가 보기로 마음을 먹었다. '그렇다고 돌아갈 수도 없잖아.'라고 생각했는데 그 길은 여덟째 칸으로 가는 유일한 길이었다.

"저 숲이 사물에 이름이 없다는 그 숲인가 봐. 내가 저 숲 속으로 들어가면 내 이름은 어떻게 될까? 난 전혀 이름을 잃고 싶지 않아. 그렇게 되면 사람들이 내게 다른 이름을 지어 줄 텐데 분명 안 예쁜 이름일 거니까. 하지만 내 옛날 이름을 얻게 된 생물을 찾아보는 것도 재미있겠어! 그건 사람들이 개를 잃어버리고 '놋쇠 개 목걸이에 '대시'라고 씌어 있고 '대시'라고 이름을 부르면 대답함.'이라고 광고를 내는 것과 비슷할 거야. '앨리스'가 대답할 때까지 만나는 생물마다 앨리스라고 부르고 다닌다고 상상해 봐! 생물들이 현명하다면 절대 대답하지 않겠지만."

앨리스는 생각에 잠겨 혼자 중얼거렸다. 이렇게 계속 혼자 재잘대다 보니 어느새 숲 앞이었다. 숲은 아주 서늘하고 그늘져 보였다.

"음, 어쨌든 시원한 데로 들어가게 돼서 정말 다행이야."

앨리스가 나무 아래로 걸어 들어가며 중얼거렸다.

"너무 더웠는데 아래로…… 아래로…… '뭐' 아래지?"

앨리스는 그 단어가 떠오르지 않아서 깜짝 놀라며 계속 중얼거렸다.

"'이것' 아래로 들어가게 됐다고 말하려던 건데. '이것'……
'이것' 말이야!"

앨리스가 나무둥치에 손을 갖다 대며 말했다.

"이걸 뭐라고 부르지? 이건 이름이 없나 봐. 맞아, 이름이 없
는 게 틀림없어!"

앨리스는 잠시 생각에 잠겨 가만히 서 있다가 다시 갑자기 말
하기 시작했다.

"그렇다면 결국 그 일이 정말로 일어난 거잖아! 그럼 나는 누
구지? 할 수만 있다면 기억해 낼 거야! 꼭 기억해 내고야 말겠
어!"

하지만 그렇게 단단히 마음을 먹어도 별로 도움이 되지 않
았고 한참을 궁리한 끝에 나온 말이라고는 "앨, 그래 앨로 시작
해!"가 다였다.

바로 그때 아기 사슴 한 마리가 어슬렁거리며 다가와 커다랗
고 순한 눈망울로 앨리스를 바라보았는데 전혀 겁을 먹은 것 같
지 않았다.

"자, 착하지! 이리 온!"

앨리스가 손을 내밀어 쓰다듬으려 했지만 아기 사슴은 움찔
하며 뒤로 조금 물러나더니 다시 앨리스를 바라보며 서 있었다.

"넌 이름이 뭐니?"

아기 사슴이 마침내 물었다. 아기 사슴의 목소리는 정말로 부
드럽고 달콤했다.

앨리스는 '나도 알았으면 좋겠어!'라고 생각하며 무척 슬픈 목소리로 대답했다.

"지금 당장은 이름이 없어."

"다시 잘 생각해 봐. 그런 게 어디 있어."

아기 사슴이 말했다. 앨리스는 다시 생각해 봤지만 아무것도 떠오르지 않았다.

"네 이름이 뭔지 말해 줄래? 그러면 조금 도움이 될 것 같아."

앨리스가 쭈뼛거리며 말했다.

"조금 더 가서 말해 줄게. 여기에서는 나도 기억이 안 나."

아기 사슴이 말했다.

그래서 앨리스는 아기 사슴의 목을 다정하게 끌어안고 아기 사슴과 함께 숲 속을 계속 걸어갔다. 이윽고 또 다른 탁 트인 들판이 나왔고, 들판에 이르자 아기 사슴은 갑자기 풀쩍 뛰어오르며 몸을 흔들어 앨리스의 팔에서 빠져나갔다.

"나는 아기 사슴이야!"

아기 사슴이 기쁜 목소리로 외쳤다.

"어머나, 그런데 넌 인간 아이잖아!"

아기 사슴의 아름다운 갈색 눈동자에 갑작스레 놀란 표정이 떠오르더니 다음 순간 전속력으로 달아나 버렸다.

앨리스가 멍하니 서서 아기 사슴의 뒷모습을 지켜보았다. 그런데 소중한 작은 길동무를 그렇게 갑작스레 잃어버리게 되어

속상한 마음에 눈물이 핑 돌았다.

"하지만 이제 내 이름은 알아. 그게 조금은 위안이 되네. 앨리스, 앨리스. 다시는 내 이름을 잊지 않을 거야. 그런데 이 두 개의 길 안내 표지판 가운데 어느 것을 따라가야 하지?"

숲으로 난 길은 하나밖에 없는데다 표지판 두 개가 모두 그 길을 가리키고 있었기 때문에 그것은 그리 답하기 어려운 질문이 아니었다.

"길이 갈라지고 표지판이 서로 다른 길을 가리키면 그때 가서 어느 표지판을 따라가야 할지 정해야지."

하지만 그런 일은 일어날 것 같지 않았다. 한참을 줄곧 길을 갔지만 길이 갈라질 때마다 두 개의 표지판 모두 계속 같은 방향을 가리키고 있었다. 한 표지판에는 '트위들덤의 집으로 가는 길', 다른 한 표지판에는 '트위들디의 집으로 가는 길'이라고 쓰여 있었다.

"아, 알겠다! 이 둘이 같은 집에 사는 게 틀림없어!"

앨리스가 마침내 결론 내렸다.

"왜 진작 그 생각을 못했을까! 하지만 그곳에 오래 머물 순 없어. 그냥 잠깐 들러서 '안녕하세요?' 하고 인사하고 숲에서 빠져나가는 길을 물어봐야지. 어두워지기 전에 여덟째 칸에 도착하면 좋겠는데!"

그렇게 앨리스는 혼잣말을 하며 계속 걸어갔다. 그러다가 갑자기 확 꺾인 모퉁이를 돌자마자 땅딸막한 두 남자와 마주쳤다.

앨리스는 너무도 갑작스럽게 사람을 맞닥뜨리자 화들짝 놀라 저도 모르게 뒤로 움찔 물러섰다. 하지만 다음 순간 마음을 가다듬고 보니 그 두 남자가 바로 트위들덤과 트위들디라는 확신이 들었다.

제4장
트위들덤과 트위들디

두 사람은 나란히 어깨동무를 하고 나무 아래에 서 있었다. 한 사람의 옷깃에는 '덤'이, 또 한 사람의 옷깃에는 '디'라고 수놓아져 있었기 때문에 앨리스는 곧바로 누가 누구인지 알 수 있었다.

'옷깃 뒤쪽에는 '트위들'이란 글자가 수놓아져 있을 것 같아.'

앨리스는 속으로 중얼거렸다. 그들이 꼼짝도 않고 가만히 서 있는 바람에 앨리스는 그들이 살아 있다는 사실을 깜빡했다. 그래서 '트위들'이라는 글자가 옷깃 뒤쪽에 수놓아져 있는지 살펴보려는데 바로 그때 '덤'이라고 표시된 사람이 말을 하는 바람에 소스라치게 놀랐다.

"우리를 밀랍 인형이라고 생각하면 돈을 내야지. 밀랍 인형은 공짜로 보여 주려고 만들지 않으니까. 절대 아냐!"

"반대로 우리가 살아 있다고 생각하면 말을 걸어야지."

'디'라고 표시된 사람이 말했다.

"정말 죄송해요."

앨리스가 할 수 있는 말은 이게 다였다. 왜냐하면 시계가 똑딱거리듯이 옛 노래 가사가 머릿속에서 계속 맴돌아 하마터면 그 노래를 소리 내어 흥얼거릴 뻔했기 때문이다.

트위들덤과 트위들디는

싸우기로 동의했다네.

트위들덤이 자신의 근사한 새 딸랑이를

트위들디가 망가뜨렸다고 주장한 탓에.

바로 그때 타르 통만큼이나 새까만
괴물 같은 까마귀가 날아왔다네.
두 영웅 모두 깜짝 놀라서 그만
싸우는 것을 깜빡 잊고 말았다네.

"네가 무슨 생각하는지 알지만 그게 그렇지가 않아. 절대 아
냐."

트위들덤이 말했다.

"반대로."

트위들디가 이어서 말했다.

"그게 그렇다면 그럴 수도 있지. 그리고 그게 그랬다면 그랬
을 테지. 하지만 그게 그렇지 않으니 그렇지 않은 것이지. 그게
논리야."

"나는 이 숲을 빠져나가는 가장 좋은 길이 어딜까 생각하고
있었어요. 날이 점점 어두워지고 있어서요. 부탁인데 길을 가르
쳐 주시겠어요?"

앨리스가 아주 공손하게 부탁했다. 하지만 땅딸한 두 남자는
서로를 쳐다보며 싱긋이 웃을 뿐이었다. 둘이 꼭 한 쌍의 큰 남
학생 같아서 앨리스는 저도 모르게 트위들덤을 손가락으로 가리
키며 말했다.

"첫 번째 학생!"

"절대 아냐!"

트위들덤이 힘차게 소리치고는 다시 입을 딱 다물어 버렸다.

"다음 학생!"

이어서 앨리스가 트위들디를 가리키며 말했다. 앨리스는 트위들디가 틀림없이 "반대로!" 하고 소리치지 않을까 생각했는데 아니나 다를까 정말로 그랬다.

"넌 시작부터 틀렸어! 사람을 찾아왔으면 맨 먼저 '안녕하세요?' 하고 인사를 하고 악수부터 해야지!"

트위들덤이 외쳤다. 이 말과 동시에 두 형제는 서로를 얼싸안더니 앨리스와 악수하려고 각자 자유로운 손을 하나씩 내밀었다.

앨리스는 다른 한쪽의 기분을 상하게 할까 봐 둘 가운데 어느 한쪽과 먼저 악수하기가 꺼려졌다. 그래서 찾아낸 가장 좋은 해법이 동시에 두 사람의 손을 잡는 것이었다. 다음 순간 세 사람은 원을 그리며 춤을 추고 있었다. 이것은 아주 자연스러운 일 같았고(앨리스가 나중에 기억하기로) 앨리스는 심지어 어디선가 음악 소리가 들려와도 놀라지 않았다. 그 소리는 그들이 춤추고 있는 곳에 있는 나무 위에서 나는 것 같았는데 나뭇가지들이 바이올린과 활처럼 서로 몸을 비벼서 내는(앨리스가 생각하기로는) 소리였다.

"나도 모르게 '빙빙, 빙빙, 뽕나무를 돌자.'라면서 노래하고 있었는데 얼마나 재미있었는지 몰라. 그 노래를 언제부터 부르기 시작했는지 모르지만 아무튼 정말 아주 오랫동안 그 노래를 부르고 있었던 것 같았어."(나중에 앨리스는 언니에게 이 모든 이야기를 들려주면서 이렇게 말했다.)

앨리스와 춤추던 둘은 뚱뚱해서 금세 숨을 헐떡거렸다.

"춤 한 번에 네 바퀴면 충분해."

트위들덤이 숨을 헐떡거리며 말하자 그들은 시작할 때만큼이나 갑작스레 춤을 딱 멈췄고 동시에 음악 소리도 그쳤다.

그런 다음 그들은 앨리스의 손을 놓고서 잠시 동안 가만히 앨리스를 바라보며 서 있었다. 무척 어색한 침묵이 흘렀는데 앨리스는 방금 전까지 함께 춤을 추던 사람들과 어떻게 대화를 시작해야 할지 알 수가 없었다.

'이제 와서 "안녕하세요?" 하고 인사할 수는 없는 노릇이잖아. 아무튼 우린 그런 인사를 할 단계는 넘은 사이 같아!'

앨리스는 속으로 중얼거렸다.

"많이 피곤하지 않죠?"

마침내 앨리스가 물었다.

"절대 아냐. 물어봐 줘서 정말 고마워."

트위들덤이 말했다.

"대단히 감사해! 너 시 좋아하니?"

트위들디가 덧붙였다.

"네에……. 아주 많이 좋아해요, 어떤 시는요. ……숲을 빠져

나가려면 어느 길로 가야 하는지 가르쳐 주실래요?"

앨리스가 우물쭈물 대답하고는 물었다.

"얘한테 어떤 시를 들려줄까?"

트위들디가 앨리스의 질문은 들은 체 만 체 하고 아주 진지한 눈빛으로 트위들덤을 돌아보며 물었다.

"「바다코끼리와 목수」가 가장 길지."

트위들덤이 애정을 듬뿍 담아 자신의 형제를 꼭 껴안으며 대답했다.

트위들디가 곧바로 시를 낭송하기 시작했다.

태양이 바다를 비추고……

여기에서 앨리스가 과감히 트위들디의 말을 자르고 끼어들었다.

"아주 긴 시라면, 먼저 길부터 가르쳐 주시면 안 될까요?"

앨리스는 최대한 공손하게 말했다.

트위들디는 부드럽게 미소를 짓더니 다시 시를 낭송하기 시작했다.

태양이 바다를 비추고 있었네.

온 힘을 다해 비추고 있었지.

최선을 다해 바다를

평온하고 밝게 만들었지.

그런데 이것은 실로 이상한 일이었다네.

왜냐하면 그때는 한밤중이었으니까.

달이 부루퉁하니 빛나고 있었네.

달이 생각하기엔

낮이 이미 다 지났으니

해가 거기 나와 있을 권리는 없었지.

"해는 정말로 무례하군! 한밤중에 나와서

나의 재미를 망쳐 놓다니!" 하고 달이 투덜댔지.

바다는 흠뻑 젖어 있었고

모래는 바짝 말라 있었지.

구름 한 점 보이지 않았지.

하늘에 구름 한 점 없었으니까.

머리 위로 날아다니는 새도 없었지.

날아다닐 새가 없었으니까.

바다코끼리와 목수가

서로 바짝 붙어 걷고 있었네.

어마어마한 양의 모래를 보고

둘은 슬피 울었지.

"모래를 싹 치워 버릴 수만 있다면
정말 좋을 텐데!" 하고 둘은 말했지.

"하녀 일곱이 빗자루 일곱 개로
반년 동안 쓸어 내면
모래를 싹 치워 버릴 수 있을까?"
바다코끼리가 물었네.
"안 될걸." 하고 목수가 대답하고는
쓰라린 눈물을 흘렸네.

"굴들아, 이리로 나와서 우리랑 산책하자꾸나!
바닷가를 따라 걸으며 즐겁게 대화를 나누면서

기분 좋게 산책하자꾸나.

우리 손이 네 개밖에 안 돼서

서로 손을 잡고 가진 못하겠지만."

바다코끼리가 간청했지.

가장 나이 많은 굴이 바다코끼리를 쳐다보았네.

하지만 말은 한 마디도 안 했지.

가장 나이 많은 굴은 그저 한쪽 눈을 찡긋하고

무거운 머리를 가로저었을 뿐이지.

그건 굴 양식장을

떠나지 않겠다는 뜻이었지.

하지만 어린 굴 넷은

그 초대에 들떠서 준비를 서둘렀지.

외투를 털고 얼굴을 씻고

신발을 깨끗하고 말끔하게 손질했지.

그런데 이것은 실로 이상한 일이었다네.

왜냐하면 굴한테는 발이 없으니까.

다른 굴 넷도 그들을 따라나섰지.

그리고 또 다른 굴 넷도 그 뒤를 따랐고.

마침내 굴들이 우르르 몰려나왔지.

점점 더 많이. 점점 더 많이…….

다들 거품투성이 파도를 폴짝폴짝 뛰어넘어

해변으로 기어올라 왔지.

바다코끼리와 목수는

일 킬로미터쯤 계속 걸어갔지.

그런 다음 편안히 쉴 만한

야트막한 바위에 앉아 쉬었지.

어린 굴들은 모두

한 줄로 서서 기다렸어.

"때가 됐군. 많은 것을 이야기할 때가.

신발, 배, 봉랍과

양배추와 왕들에 대해,

그리고 왜 바다가 뜨겁게 끓고 있는지,

또 돼지에게 날개가 있는지 없는지에 대해."

바다코끼리가 말했지.

"하지만 잠깐만요! 숨 좀 돌리고 이야기하면 안 될까요?

우리는 모두 뚱뚱해서

숨이 찬 애들이 있어서요!"

굴들이 소리쳤지.

"서두를 것 없지!"
목수의 말에 굴들은 대단히 고마워했지.

"빵 한 덩이가 있으면 정말 좋겠군.
거기에 후추와 식초까지 있으면
더할 나위 없겠어.
자, 굴들아, 너희가 준비됐으면
이제 우리가 너희를 먹어 주마."
바다코끼리가 말했지.

"우리를 먹다뇨!
그렇게 친절하게 대해 주다가

잡아먹다니 정말 참담한 짓이잖아요!"
굴들이 새파랗게 질려서 소리쳤지.
"멋진 밤이군. 경치가 정말 아름답지 않아?"
바다코끼리가 말했지.

"와 줘서 진짜 고마워!
너희는 정말 맛있지!"
목수는 이렇게만 말했어.
"우리에게 한 조각 더 잘라 줘.
그렇게 귀가 어둡지 않으면 좋을 텐데.
꼭 두 번씩 말하게 만드는군!"

"굴들에게 속임수를 쓰다니 부끄러운 일 같아.
굴들을 이렇게 멀리까지 데리고 나온 데다
총총걸음을 치며 너무나 빨리 따라오게 해 놓고는 말이야!"
바다코끼리가 말했지.
목수는 이렇게만 말했어.
"버터를 너무 두껍게 발랐어!"

"너희가 너무 가여워서 눈물이 나."
바다코끼리가 말했지.
바다코끼리는 눈물을 뚝뚝 떨어뜨리고 흐느껴 울며

가장 큰 굴들을 골라냈지.

손수건을 꺼내 들고

줄줄 흘러내리는 눈물을 훔치면서.

"굴들아, 산책은 즐거웠겠지?

우리 다시 집으로 총총거리며 돌아가지 않을래?"

목수가 말했지.

하지만 아무런 대답이 없었어.

그런데 이것은 전혀 이상한 일이 아니었다네.

왜냐하면 그들이 굴들을 모두 먹어 치워 버렸으니까.

"나는 바다코끼리가 더 좋아요. 바다코끼리는 가엾은 굴들에게 조금 미안해하기라도 하니까요."

앨리스가 말했다.

"하지만 그에 반해 바다코끼리는 목수보다 굴을 더 많이 먹었
잖아. 자기가 몇 개를 먹었는지 목수가 세지 못하게 하려고 손수
건으로 가리고 있었잖아."

트위들디가 말했다.

"그건 정말 비열해요! 그럼 난 목수가 더 좋아요. 바다코끼리
만큼 많이 먹지 않았다면요."

앨리스가 화를 내며 말했다.

"하지만 목수는 자기 양껏 많이 먹었는걸."

트위들덤이 말했다. 이것은 어려운 문제였다. 앨리스는 잠시
가만히 생각한 뒤 입을 열었다.

"그렇다면 바다코끼리와 목수, 둘 다 아주 불쾌한 자들……."

앨리스는 이렇게 말하다가 근처 숲에서 커다란 증기 기관차
가 연기를 내뿜는 것 같은 소리에 깜짝 놀라서 말을 멈췄다. 앨
리스는 그게 사나운 짐승 소리인 것 같아 걱정스러웠다.

"이 근처에 사자나 호랑이가 있나요?"

앨리스가 겁먹은 목소리로 물었다.

"저건 붉은 왕이 코 고는 소리일 뿐이야."

트위들디가 말했다.

"가 보자!"

형제가 외치고는 앨리스의 손을 하나씩 붙잡고 붉은 왕이 자

고 있는 곳으로 데려갔다.

"보기 좋진 않지?"

트위들덤이 말했다. 앨리스는 솔직히 보기 좋다고 말할 수는 없었다. 붉은 왕은 술이 달린 기다란 붉은 수면 모자를 쓰고 지저분한 더미처럼 꼬깃꼬깃 찌부러져 누워 요란스레 코를 골고 있었다.

"코 골다 머리가 떨어질라!"

트위들덤이 말했다.

"축축한 풀밭에서 자다간 감기에 걸릴 텐데."

아주 인정 많은 소녀답게 앨리스가 걱정했다.

"붉은 왕은 지금 꿈을 꾸고 있어. 무슨 꿈을 꾸는 것 같니?"

트위들디가 말했다.

"그걸 알 수 있는 사람은 아무도 없어요."

앨리스가 말했다.

"아니, 그건 바로 '너'에 대한 꿈이야!"

트위들디가 의기양양하게 손뼉을 치며 외쳤다.

"그리고 붉은 왕이 네 꿈을 그만 꾸게 되면 넌 어디에 있을 것 같니?"

"당연히 지금 제가 있는 곳이겠죠."

앨리스가 대답했다.

"아니야! 넌 어디에도 없을 거야. 넌 붉은 왕의 꿈속에나 나오는 존재일 뿐이니까!"

트위들디가 업신여기듯 대꾸했다.

"붉은 왕이 깨면 넌 마치 촛불처럼…… 휙! 꺼져 버릴 거야!"

트위들덤도 한 마디 거들었다.

"아니에요! 게다가 내가 왕의 꿈속에나 나오는 존재일 뿐이라면 대체 당신들은 뭔데요, 네?"

앨리스는 화가 나서 소리쳤다.

"우리도 마찬가지지."

트위들덤이 말했다.

"마찬가지야, 마찬가지!"

트위들디도 따라 외쳤다. 트위들디가 너무나 크게 외쳐서 앨리스는 다급하게 말하지 않을 수 없었다.

"쉿! 그렇게 크게 떠들어 대다간 왕이 깰 거예요."

"넌 왕의 꿈속에나 나오는 존재일 뿐이니까, 왕이 깰까 봐 걱정해 봤자 아무 소용없어. 너도 네가 진짜가 아니란 걸 아주 잘 알잖아."

트위들덤이 말했다.

"난 진짜예요!"

앨리스가 소리치고는 울기 시작했다.

"운다고 해서 네가 진짜가 되지는 않아. 울어 봤자야."

트위들디가 말했다.

"내가 진짜가 아니라면 어떻게 울겠어요?"

앨리스는 울다가 문득 이 모든 일이 너무나 우스꽝스럽게 여겨져서 웃음을 터뜨리며 말했다.

"설마 그게 진짜 눈물이라고 생각하는 건 아니겠지?"

트위들덤이 대단히 경멸스러운 말투로 참견했다.

'이 사람들 말은 다 말도 안 되는 소리야. 그리고 그 소리를 듣고 우는 건 바보 같은 짓이야.'

앨리스는 속으로 생각했다. 그래서 앨리스는 눈물을 훔치고 애써 쾌활하게 말을 이어 갔다.

"어쨌든 나는 이 숲에서 나가는 게 좋겠어요. 날이 점점 어두워지고 있으니까요. 비가 올 것 같지 않아요?"

트위들덤은 자신과 형제 위로 큰 우산을 펼치고 그 속에서 하늘을 올려다봤다.

"아니, 그럴 것 같지 않은데. 적어도…… 여기 이 우산 아래는 말이야. 절대 아냐."

"하지만 '우산 밖'에는 비가 올지도 모르잖아요?"

"그럴지도 모르지……. 비가 그러고 싶다면 말이야. 우리는 이의 없어. 전혀."

트위들디가 말했다.

'정말 이기적이야!'

앨리스가 이렇게 생각하고는 '안녕히 계세요.' 말하고 떠나려는데 그때 트위들덤이 우산 속에서 불쑥 튀쳐나와 앨리스의 손목을 붙잡았다.

"저거 보여?"

트위들덤이 격앙되어 목멘 목소리로 물으면서, 완전히 순식간에 눈이 동그래지고 노래진 채 덜덜 떨리는 손가락으로 나무 밑에 놓여 있는 작고 하얀 물체를 가리켰다.

"저건 그냥 딸랑이잖아요."

앨리스가 작고 하얀 물체를 자세히 살핀 다음 말했다.

"딸랑거리는 방울뱀이 아니라 그냥 낡은 딸랑이에요. 아주 낡고 부서진 딸랑이요."

앨리스는 트위들덤이 겁에 질려 있단 생각에 얼른 덧붙였다.

"나도 알아!"

트위들덤이 미친 듯이 발을 쾅쾅 구르고 머리카락을 쥐어뜯으며 소리쳤다.

"물론 완전히 망가졌겠지!"

트위들덤이 이렇게 말하며 트위들디를 쳐다보았는데 트위들

디는 곧바로 땅바닥에 쭈그려 앉더니 우산 밑으로 몸을 숨기려 했다. 앨리스는 트위들덤의 팔에 손을 올리고 달래는 듯한 목소리로 말했다.

"낡은 딸랑이 하나 갖고 그렇게 화낼 필요 없잖아요."

"낡지 않았어! 새 거란 말이야. 어제 샀다고. 나의 멋진 새 딸랑이란 말이야!"

트위들덤이 더욱 불같이 화를 내며 고래고래 소리를 질렀는데 목소리가 점점 높아져서 거의 비명처럼 들렸다.

이러는 동안 내내 트위들디는 우산 속에 들어간 채 그 속에서 우산을 접으려고 안간힘을 쓰고 있었다. 그건 정말로 별난 행동이어서 앨리스의 주의가 화가 난 형제에게서 다른 형제에게로 완전히 옮겨 갔다. 하지만 트위들디는 성공을 거두지 못하고 결국 머리만 쏙 내민 채 우산에 싸여 땅바닥을 이리저리 뒹굴고 말았다. 그리고 그렇게 땅바닥에 누운 채로 입과 커다란 두 눈을 껌벅껌벅 벌렸다 닫았다 했다. 앨리스는 그 모습을 보고 '꼭 물고기 같네.' 하고 생각했다.

"당연히 한판 싸우는 데 동의하겠지?"

트위들덤이 조금 차분해진 목소리로 말했다.

"그래. 하지만 저 애가 우리가 싸울 채비하는 걸 도와줘야 해."

트위들디가 우산 밖으로 기어 나오며 샐쭉하니 대답했다. 그리하여 두 형제는 손에 손을 잡고 숲 속으로 걸어 들어가더니 순식간에 덧베개, 담요, 난로 앞 깔개, 식탁보, 접시 덮개, 석탄 통 같은 온갖 물건들을 한아름 안고 돌아왔다.

"핀을 꽂거나 끈을 묶는 일 정도는 잘하겠지? 이 모든 물건들을 다 달아야 해, 어떻게 해서든."

트위들덤이 말했다. 앨리스가 나중에 말하기를 그런 야단법석은 평생 처음이었다고 했다. 두 형제가 그렇게 심하게 수선을 피우는 광경도, 몸에 무언가를 그렇게 많이 걸치는 것도, 끈으로 묶고 단추를 채워 주느라 자기가 했던 고생도 모두 다.

"정말이지 준비가 다 끝나면 암만해도 누더기 꾸러미로 밖에 보이지 않겠어."

앨리스는 트위들디의 목에 덧베개를 둘러 주면서 혼자 중얼거렸다.

"덧베개를 목에 두르는 건 목이 잘리지 않기 위해서야."

트위들디가 설명했다.

"그건 싸움을 하는 사람에게 일어날 수 있는 가장 심각한 일이잖니. 목이 잘리는 것 말이야."

트위들디가 아주 근엄하게 덧붙였다.

앨리스는 웃음이 터져 나왔지만 트위들디의 기분을 상하게 할까 봐 얼른 기침하는 척했다.

"내가 너무 창백해 보이니?"

트위들덤이 투구를 끈으로 묶어 달라고 다가오며 물었다.(트위들덤은 그걸 투구라고 불렀지만 분명 냄비에 훨씬 가까워 보

였다.)

"으음…… 예…… 조금요."

앨리스가 부드럽게 대답했다.

"나는 대개 무척 용감해. 하지만 오늘은 머리가 아프네."

트위들덤이 낮은 목소리로 말했다.

"난 이가 아파! 내가 너보다 훨씬 더 많이 아프다고!"

그 말을 엿들은 트위들디도 덩달아 말했다.

"그렇다면 오늘은 싸우지 않는 게 좋겠네요."

앨리스는 이것이 둘을 화해시킬 좋은 기회라고 생각하며 말했다.

"우린 조금이라도 싸워야 해. 오래 싸워도 상관없고. 지금 몇 시지?"

트위들덤이 말했다. 트위들디가 자신의 손목시계를 보며 말했다.

"네 시 반."

"여섯 시까지 싸우고 그런 다음 저녁을 먹자."

트위들덤이 말했다.

"좋아."

트위들디가 조금은 구슬프게 말하고는 앨리스를 보며 덧붙였다.

"우리가 싸우는 걸 구경해도 좋아. 하지만 아주 가까이 다가오지 않는 게 좋을 거야. 난 흥분하면 눈에 보이는 건 뭐든 치거든."

"나 역시 손 닿는 데에 있는 건 뭐든 닥치는 대로 치지. 눈에 보이건 보이지 않건."

트위들덤도 소리쳤다. 앨리스가 소리 내어 웃으며 말했다.

"그럼 나무를 치는 경우가 아주 많겠네요."

트위들덤이 만족스럽게 싱긋 웃으며 주위를 둘러보았다.

"우리의 싸움이 끝날 때쯤이면 저 멀리까지 멀쩡하게 서 있는 나무가 없을 거야!"

트위들덤이 말했다.

"겨우 딸랑이 하나 때문에 이런 소동을 벌이다니요!"

앨리스는 그들이 그런 사소한 일로 싸우는 것을 조금이라도 부끄러워하기를 바라며 말했다.

"그게 새것만 아니었어도 내가 이렇게까지 마음 상하진 않았을 거야."

트위들덤이 말했다.

'그 괴물 같은 까마귀가 날아왔으면 좋겠어!'

앨리스는 속으로 생각했다.

"너도 알다시피 칼은 한 자루뿐이야. 그러니 넌 우산을 들고 싸워. 그것도 굉장히 날카로우니까. 하지만 어서 시작해야 해. 날이 점점 어두워지고 있어."

트위들덤이 자신의 형제에게 말했다.

"점점 더 어두워지는데."

트위들디가 말했다. 갑자기 날이 어두워지고 있어서 앨리스는 폭풍우가 몰려오는 게 틀림없다고 생각했다.

"저 짙은 먹구름 좀 봐요! 진짜 엄청나게 빠른 속도로 몰려오고 있어요! 세상에, 날개라도 달린 모양이에요!"

앨리스가 말했다.

"저건 바로 그 까마귀야!"

트위들덤이 놀라서 날카로운 목소리로 외쳤다. 그러고는 두 형제는 부리나케 달아나 순식간에 사라져 버렸다.

앨리스는 숲 속으로 조금 달려가다가 커다란 나무 아래에서 멈춰 섰다.

'여기 있으면 까마귀가 절대 날 공격하지 못할 거야. 나무 사이로 비집고 들어오기에는 덩치가 너무 크니까. 하지만 날개를 저렇게 많이 퍼덕거리지 않으면 좋겠어. 그러니까 숲 속에 태풍이 일잖아. 어, 누군가의 숄이 날아오네!'

제5장

양털과 물

앨리스는 숄을 붙잡고 숄의 주인을 찾아 이리저리 두리번거렸다. 다음 순간 하얀 여왕이 두 팔을 쫙 펼친 채로 숲 속을 마치 나는 것처럼 미친 듯이 달려왔다. 앨리스는 숄을 들고 아주 공손하게 여왕을 맞으러 다가갔다.

"제가 마침 여기에 있어서 정말 다행이에요."

앨리스가 하얀 여왕이 숄을 다시 걸치는 것을 도와주며 말했다.

하얀 여왕은 어쩌지도 못하고 겁먹은 표정으로 앨리스를 바라보며 혼자 계속 뭐라고 중얼거리기만 했는데 "버터 바른 빵, 버터 바른 빵."이라는 것 같았다. 앨리스는 대화를 하려면 자기가 먼저 나서야 할 것 같다고 생각했다. 그래서 다소 머뭇거리며 말을 걸었다.

"제가 지금 말을 걸고 있는 분이 하얀 여왕 맞으시죠?"

"그래, 맞아. 네가 내게 숄을 걸쳐 준 일을 옷매무새를 다듬어 준 것으로 여긴다면 말이지. '난' 전혀 그렇게 생각하지 않는 다만."(*여왕은 '말을 걸다'라는 뜻의 'addressing'을 발음이 비슷한 '옷매무새'라는 뜻의 'a dressing'으로 받아들여, 앨리스의 질문을 '제가 지금 옷매무새를 다듬어 주고 있는 분이 하얀 여왕 맞으신가요?'로 잘못 이해했다.)

앨리스는 대화 시작부터 말다툼을 하는 것은 전혀 도움이 되지 않는다고 생각해서 미소를 지으며 말했다.

"어떻게 하는지 처음부터 차근차근 가르쳐만 주신다면 최선을 다해 그렇게 하도록 해 볼게요."

"하지만 난 그걸 전혀 바라지 않아! 지난 두 시간 동안 내가 직접 차려입은 건데."

가엾은 여왕이 끙끙대며 투덜거렸다.

하얀 여왕의 옷차림새가 끔찍하리만치 어수선했기 때문에 앨리스가 보기에는 다른 누군가가 옷시중을 들어줬더라면 한결 더 좋았을 것 같았다.

'하나같이 다 삐뚤어져 있네. 게다가 온통 핀투성이잖아!'

앨리스가 그렇게 생각하고는 큰 소리로 물었다.

"제가 폐하의 숄을 똑바로 걸쳐 드릴까요?"

"뭐가 문제인지 모르겠구나! 숄이 화가 났나 봐. 핀을 여기에도 꽂아 보고 저기에도 꽂아 봤지만 숄의 마음에 들게 할 수가 없어!"

하얀 여왕이 우울한
목소리로 말했다.

"한쪽에만 핀을 다
꽂으면 숄이 제대로 걸
쳐질 리가 없잖아요."

앨리스가 부드럽게
여왕의 숄을 매만져
주면서 말했다.

"어머나! 머리도 완
전히 엉망이네요!"

"숄빗으로 빗다가 머리
카락이 엉켜 버렸어! 어제 빗을 잃어버리는 바람에 그만."

하얀 여왕이 한숨을 쉬며 말했다. 앨리스는 조심스레 숄빗을
풀어내고 최선을 다해 머리를 손질해 주었다.

"자, 이제 훨씬 좋아 보이네요! 하지만 앞으로는 꼭 시녀를
두셔야겠어요!"

앨리스가 대부분의 핀을 다시 꽂아 준 다음 말했다.

"너라면 내 기꺼이 시녀로 채용하마! 일주일에 2펜스 그리고
이틀마다 잼도 주마."

하얀 여왕이 말했다. 앨리스는 저도 모르게 그만 웃음이 터져
나와 버렸다.

"폐하, 저를 고용하지는 말아 주세요. 그리고 저는 잼을 좋아하지 않아요."

"정말 맛있는 잼인데."

"글쎄요. 아무튼 오늘은 먹고 싶지 않아요."

"그건 네가 아무리 먹고 싶어 해도 오늘은 먹을 수 없어. 규칙에 내일 잼과 어제 잼은 있어도 오늘 잼이란 절대 없으니까."

"가끔은 '오늘 잼'도 나와야 하잖아요."

앨리스가 반박했다.

"아니, 그럴 수 없어. 하루 걸러서 한 번만 잼이 나오는데, 어제 잼을 먹었으면 오늘은 늘 하루 거르는 날이잖아."

여왕이 말했다.

"무슨 말인지 못 알아듣겠어요. 무지 헷갈려요!"

앨리스가 말했다.

"거꾸로 살아서 그런 거야. 처음에는 누구나 조금 어지럽기 마련이란다."

여왕이 친절하게 설명했다.

"거꾸로 살다뇨! 그런 말은 처음 들어 봤어요!"

앨리스가 깜짝 놀라 외쳤다.

"그래도 거꾸로 살면 한 가지 큰 이점이 있지. 그건 바로 사람의 기억이 양방향으로 작용한단 점이야."

"제 기억은 오직 한 방향으로만 작용하는데요. 전 어떤 일이 일어나기 전에는 그 일을 기억할 수 없어요."

"뒤로만 작용하다니 정말 형편없는 기억이로군."

"그럼 폐하는 어떤 것들을 가장 잘 기억하는데요?"

앨리스가 대담하게 물었다.

"오, 그건 바로 다음다음 주에 일어날 일들이지. 예를 들면……."

여왕이 무심한 투로 대답하고는 손가락에 커다란 고약을 붙이며 말을 이어 갔다.

"왕의 전령이 있는데 지금 감옥에서 벌을 받고 있지. 하지만 다음 주 수요일이 돼야 재판이 시작될 거야. 당연히 죄를 짓는 건 가장 나중이고."

"그럼 그 사람은 아직까진 죄를 전혀 짓지 않은 거잖아요?"

"죄를 짓지 않은 게 한결 더 좋은 일이지, 안 그러니?"

여왕이 고약을 끈으로 손가락에 동여매며 대답했다. 앨리스는 그 말을 부인할 수 없었다.

"물론 그게 한결 더 좋은 일이죠. 하지만 그

사람이 죄를 짓지도 않았는데 벌을 받고 있는 건 좋은 일이라고 할 수 없잖아요."

"아무튼 그건 네가 틀렸어. 너 벌받아 본 적 있니?"

"잘못을 했을 때만요."

"그래서 네가 더 좋아진 거야!"

여왕이 의기양양하게 말했다.

"그래요. 하지만 그때 전 벌받을 짓을 저질렀기 때문에 벌을 받은 거예요. 그건 경우가 완전히 다르다고요."

"하지만 만약 네가 그런 짓을 저지르지 않았다면 훨씬 더 좋았을 거야. 훨씬, 훨씬, 훨씬 더!"

여왕의 목소리가 '훨씬'을 말할 때마다 점점 더 높아지더니 마침내 끽끽거리는 소리를 냈다.

앨리스가 "뭔가 잘못 되었……." 하고 막 말을 꺼내는데, 여왕이 어찌나 크게 비명을 질러 대기 시작하는지 앨리스는 말을 마저 다 끝내지 못했다.

"아야, 아야, 아야!"

여왕이 소리를 질러 대며 마치 손을 떼어 내려는 것처럼 마구 흔들었다.

"손가락에서 피가 나! 아야, 아야, 아야, 아야!"

여왕의 비명이 꼭 증기 기관차의 기적 소리 같아서 앨리스는 두 손으로 귀를 틀어막아야 했다.

"무슨 일이에요? 손가락을 찔리셨어요?"

여왕의 비명이 작아져 자기 목소리를 들을 수 있을 것 같아지자마자 앨리스가 물었다.

"아직은 안 찔렸어. 하지만 곧 찔릴 거야. 아야, 아야, 아야!"

"언제 찔릴 것 같으세요?"

앨리스는 금방이라도 웃음이 터져 나올 것만 같았다.

"내가 숄을 다시 묶을 때 브로치가 풀려서 찔리게 될 거야. 아야, 아얏!"

가엾은 여왕이 신음하듯 말하는데 브로치가 풀렸고 여왕은 브로치를 꽉 움켜잡고 다시 채우려고 했다.

"조심해요! 그렇게 꽉 쥐면 브로치가 완전히 비틀어지잖아요!"

앨리스가 소리치며 브로치를 잡아챘지만 너무 늦고 말았다. 핀이 미끄러지면서 여왕은 손가락을 찔리고 말았다.

"거 봐, 피가 날 거랬지. 이제 이곳에서 일이 일어나는 방식을 이해하겠지?"

하얀 여왕이 앨리스에게 미소를 지으며 말했다.

"그런데 왜 지금은 비명을 지르지 않으세요?"

앨리스는 다시 두 손으로 귀를 막을 준비를 하며 물었다.

"그야 이미 비명을 다 질렀으니까. 다 끝난 일을 다시 되풀이해 봤자 무슨 소용이 있겠어?"

이때쯤 하늘이 점점 밝아지고 있었다.

"까마귀가 날아가 버렸나 봐요. 까마귀가 가서 정말 기뻐요.

저는 밤이 오는 줄 알았어요."

앨리스가 말했다.

"나도 기뻐할 수 있으면 좋으련만! 하지만 나는 그 규칙이 전혀 기억나지 않아. 넌 이 숲에 살면서 네가 원할 때마다 기뻐할 수 있으니 정말 행복하겠구나!"

"하지만 여기는 너무 외로워요!"

앨리스가 우울한 목소리로 말했다. 그리고 자기가 외롭다는 생각이 들자 뺨에 커다란 눈물 한 방울이 흘러내렸다.

"오, 그러지 마! 네가 얼마나 대단한 아이인지 생각해 봐. 네가 오늘 얼마나 먼 길을 왔는지도 생각해 봐. 지금이 몇 시인지도 생각해 보고. 뭐든 생각해 보렴. 하지만 제발 울지는 마!"

가엾은 여왕이 절망에 빠져 두 손을 꽉 쥐고 외쳤다. 앨리스는 한창 눈물을 흘리며 울던 중이었지만 이 말에 웃지 않을 수 없었다.

"폐하는 그런 것들을 생각하면 울지 않을 수 있으세요?"

앨리스가 물었다.

"그렇고말고."

여왕은 아주 결연하게 말했다.

"어느 누구도 한 번에 두 가지 일을 할 수 없잖아. 먼저 네 나이부터 생각해 보자. 넌 몇 살이지?"

"정확히 일곱 살 반이에요."

"'정확히'라고 말할 필요는 없어. 그렇게 말하지 않아도 네 말을 믿으니까. 그럼 나도 너에게 믿을 만한 이야기를 하나 해 주마. 난 백한 살하고도 다섯 달 하루를 살았단다."

"못 믿겠어요!"

"못 믿겠다고? 다시 한 번 생각해 봐. 숨을 크게 들이쉬고 눈을 감고."

여왕이 딱하다는 투로 말했다. 앨리스가 웃음을 터뜨렸다.

"그래 봤자 소용없어요. 있을 수 없는 일을 믿을 순 없잖아요."

"넌 아마도 연습을 많이 하지 않은 게지. 내가 네 나이 땐 그것을 매일 삼십 분씩 연습했어. 글쎄, 때때로 난 아침 먹기 전에 있을 수 없는 일을 여섯 개나 믿기도 했지. 앗, 숄이 또 날아가네!"

여왕이 말하는데 브로치가 다시 풀렸고, 갑작스런 돌풍이 확 불어와 여왕의 숄이 작은 개울 너머로 날아가 버렸다. 여왕이 다시 두 팔을 쫙 펼치고 숄을 쫓아 날아가듯 달려갔고 이번에는 직접 숄을 붙잡는 데 성공했다.

"잡았다! 이제 나 혼자서 숄을 핀으로 고정시키는 걸 보여 주마!"

여왕이 의기양양한 목소리로 외쳤다.

"그럼 이제 손가락이 좀 나았나 보네요?"

앨리스가 여왕을 따라 작은 개울을 건너며 아주 공손하게 물었다.

"오, 매우 좋아졌단다!"

여왕이 큰 소리로 대답했는데 점점 더 목소리가 높아지더니 끽끽거리는 듯한 소리에 가깝게 되었다.

"매우 좋아졌어! 매애우! 매애애우! 매애애!"

여왕의 마지막 말이 매애애 하고 길게 우는 소리로 끝났는데 그 소리가 꼭 양의 울음소리 같아서 앨리스는 깜짝 놀랐다.

앨리스가 여왕을 쳐다보았는데 여왕은 갑자기 양털로 온몸을 감싼 것처럼 보였다. 앨리스는 눈을 비비고 다시 쳐다봤다. 앨리스는 무슨 일이 일어났는지 도무지 알 수가 없었다. 내가 가게 안에 있었나? 그리고 정말로…… 진짜 정말로 계산대 안쪽에 앉아 있는 것은 '양'인가? 아무리 다시 눈을 비비고 봐도 영문을 알 수 없기는 마찬가지였다. 앨리스는 작고 어두운 가게에서 계산대에 팔꿈치를 올려놓고 기대 서 있었고, 맞은편에는 늙은 양한 마리가 안락의자에 앉아 뜨개질을 하면서 커다란 안경 너머로 앨리스를 쳐다보고 있었다.

"뭘 살 거니?"

마침내 양이 뜨개질을 잠시 멈추고 고개를 들며 물었다.

"아직 잘 모르겠어요. 괜찮으시다면 먼저 가게를 한번 둘러보고 싶어요."

앨리스가 아주 상냥하게 말했다.

"원한다면 너의 앞쪽과 양 옆쪽을 볼 수 있겠지. 하지만 한 번에 '다' 둘러볼 순 없지. 네 뒤통수에 눈이 달려 있다면야 모르지만."

양이 말했다. 하지만 당연히 앨리스의 뒤통수에는 눈이 달려 있지 않았다. 그래서 앨리스는 돌아다니며 이 선반 저 선반으로 다가가 선반 위를 살펴보는 것으로 만족해야 했다.

그 가게는 온갖 이상한 물건들로 가득 차 있는 것 같았다. 하지만 그 중에서도 가장 기묘한 점은 선반에 뭐가 놓였는지 정확히 알고 싶어서 그 선반을 자세히 들여다볼라치면 곧바로 그 선반이 계속 텅 비어 버린다는 점이었다. 하지만 그 주위의 다른 선반들에는 물건이 가득 차 있었다.

어떨 때 인형 같아 보이기도 하고 또 어떨 땐 반짇고리 같아 보이기도 하는 커다랗고 빛나는 물건을 따라다녔는데, 그 물건은 매번 앨리스가 보고 있는 선반의 위쪽 선반으로 옮겨가 버리곤 했다. 그 바람에 앨리스는 잠시 헛되이 시간을 보낸 뒤 마침내 푸념하는 투로 말했다.

"여기에선 물건들이 이리저리 마구 흘러 다니나 봐! 특히 저 물건이 나를 가장 약 올리네. 그럼 말이야……."

앨리스는 어떤 생각이 퍼뜩 떠올랐다.

"맨 꼭대기 선반까지 저 물건을 따라가 보는 거야. 천장을 뚫고 나가지는 않을 거 아냐!"

하지만 그 계획도 실패로 돌아갔다. 그 '물건'은 아주 익숙한 듯 정말 조용히 천장을 뚫고 나가 버렸다.

"넌 아이니, 팽이니?"

양이 뜨개바늘 한 쌍을 더 집어 들며 말했다.

"그렇게 계속 팽이처럼 빙빙 돌아다니니 어지러워 죽겠구나."

양은 이제 열네 쌍의 뜨개바늘로 뜨개질을 하고 있었고 앨리스는 무척 깜짝 놀라서 양을 쳐다보지 않을 수 없었다.

'어떻게 저렇게 많은 뜨개바늘을 가지고 한꺼번에 뜨개질을 할 수 있지? 양이 점점 고슴도치처럼 되어 가잖아!'

앨리스는 어리둥절해져서 속으로 생각했다.

"너 노 저을 줄 아니?"

양이 뜨개바늘 한 쌍을 앨리스에게 건네며 물었다.

"예. 조금요. 하지만 땅 위에서는 결코 못해요. 뜨개바늘로도 못하……."

앨리스가 이렇게 말하는 도중에 갑자기 손에 쥔 뜨개바늘이 노로 변했고 어느새 양과 자신은 작은 배를 타고 강둑 사이의 물 위를 미끄러지듯 나아가고 있었다. 그래서 앨리스는 최선을 다해 노를 저을 수밖에 별 도리가 없었다.

"수평!"

양이 또 다른 뜨개바늘 한 쌍을 집어 들고 소리쳤다. 앨리스는 '수꿩'으로 잘못 알아듣고 자기가 대답할 필요가 없는 말이란 생각에 아무 말 없이 가만히 노를 저었다. 앨리스는 여기 강물은 정말 이상하다고 생각했다. 가끔은 노가 물속에 단단히 박혀서 다시 나오려 하지 않았던 것이다.

"수평! 수평! 그러다가 게하고 인사하겠어!"

양이 더 많은 뜨개바늘을 집어 들며 다시 외쳤다.

'귀여운 작은 게! 게를 잡으면 좋겠어.'

앨리스는 생각했다.

"내가 '수평!' 하고 외치는 소리 못 들었어?"

양이 뜨개바늘 한 다발을 집어 들며 화가 나서 소리쳤다.

"들었어요. 여러 번 말씀했잖아요. 그것도 큰 목소리로. 그런데 게는 어디에 있어요?"

"당연히 물속에 있지! 내가 '수평'이라고 말했잖아!"

양은 두 손이 꽉 차서 더는 뜨개바늘을 쥘 손이 없자 뜨개바늘 몇 개를 자기 털 속에 꽂으며 말했다.

"왜 자꾸 '수평, 수평' 하고 외치시는 거예요? 난 새가 아니라고요!"

결국 앨리스가 몹시 짜증을 내며 물었다.

"넌 새야. 새끼 거위(*거위를 뜻하는 'goose'는 '바보, 멍청이'를 의미하기도 한다.)지."

이 말에 앨리스는 약간 기분이 상해서 잠시 동안 둘의 대화는 이어지지 않았다. 그러는 동안 배는 부드럽게 나아갔다. 가끔은 수풀 사이나(여기에서는 노가 강물 속에 훨씬 더 단단히 박혀 버

렸다.) 나무 아래를 지나가긴 했지만 그들의 머리 위로는 계속해서 험상궂은 표정의 높은 강둑이 자리 잡고 있었다.

"오, 제발요! 저기 향기 나는 골풀이 있어요! 정말이에요. 진짜 예뻐요!"

갑자기 앨리스가 기뻐서 어쩔 줄 몰라 하며 외쳤다.

"나한테 '제발요'라고 말할 필요는 없어. 내가 골풀을 저기에 심은 것도 아니고 뽑아 버리지도 않을 거니까."

양이 뜨개질을 하느라 쳐다보지도 않고 대꾸했다.

"아니, 제 말은 제발이지 잠깐 멈춰서 몇 송이만 꺾으면 안 되겠냐 거예요. 잠시만 배를 멈춰 주시면 안 될까요? 네?"

앨리스가 애원했다.

"내가 배를 어떻게 멈춰? 네가 노를 젓지 않으면 배가 저절로 멈추겠지."

양이 말했다. 그리하여 앨리스가 노를 젓지 않자 배는 물결의 흐름을 따라 떠내려가다 흔들리는 골풀 사이로 스르륵 미끄러져 들어갔다. 그러자 앨리스는 배에서 상당히 멀리 떨어진 골풀을 잡기 위해 작은 소매를 조심스레 걷어 올리고 조그만 팔을 물속에 팔꿈치까지 집어넣었다. 그러면서 앨리스는 잠시 동안 양과 뜨개질 따위는 까맣게 잊어버리고 뱃전 너머로 몸을 숙여 헝클어진 머리카락 끝이 물에 잠긴 채로 초롱초롱한 눈동자를 반짝거리며 향기 나는 사랑스런 골풀을 한 뭉치씩 꺾어 나갔다.

"제발 배가 뒤집히지 않아야 할 텐데! 앗, 저기 정말로 예쁜 골풀이 있네! 하지만 손이 닿질 않아.”

앨리스가 혼자 중얼거렸다. 배가 미끄러지듯 나아가는 가운데 아름다운 골풀을 많이 꺾긴 했지만 더 아름다운 골풀은 매번 손이 닿지 않는 곳에 있어서 앨리스는 살짝 약이 올랐다.('꼭 일부러 이래 놓은 것 같잖아.' 하고 앨리스는 속으로 투덜댔다.)

“가장 예쁜 건 언제나 더 멀리 있네!”

앨리스는 멀리 떨어진 곳에서 자라는 골풀의 완고함에 결국 한숨을 푹 쉬며 말했다. 그리고 볼이 발갛게 상기되고 머리카락과 손에서 물이 뚝뚝 떨어지는 가운데 제자리로 돌아와 새로 발견한 보물들을 정리하기 시작했다.

골풀은 꺾이는 순간부터 곧바로 시들기 시작해 향기도 아름다움도 다 잃어 갔지만, 그건 그때 당시의 앨리스에게 하나도 중요하지 않았다. 진짜 골풀의 향기도 아주 잠깐 동안밖에 지속되지 않으니까. 게다가 이것들은 꿈속의 골풀인지라 앨리스의 발치에 수북이 쌓이자마자 거의 눈 녹듯 사라져 버렸다. 하지만 앨리스는 생각해야 할 다른 이상한 일들이 워낙 많았던 탓에 그 사실을 전혀 알아채지 못했다.

얼마 가지 않아 노 하나의 날이 물속에 단단히 박혀 다시 나올 생각을 하지 않았다. (앨리스가 나중에 설명한 바에 따르면) 그 결과 노의 손잡이가 앨리스의 턱 밑에 걸렸고 가엾은 앨리스는 “어, 어, 어!” 하고 조그맣게 비명만 잇따라 지르다가 노에 밀려 골풀 더미 위로 쓰러지고 말았다.

하지만 앨리스는 조금도 다치지 않았고 얼른 다시 일어났다. 양은 그러는 동안에도 마치 아무 일도 없었다는 듯 계속 뜨개질을 하고 있었다.

앨리스는 자신이 물에 빠지지 않고 여전히 배를 타고 있다는 사실에 안도하며 다시 자리를 잡고 앉았다. 그러자 양이 비아냥거렸다.

"잘하면 게하고 인사할 뻔했군!"

"그랬어요? 전 못 봤는데요. 놓치지 않았으면 좋았을 텐데. 정말이지 꼭 작은 게를 잡아서 집으로 가져가고 싶어요!"

앨리스가 뱃전 너머로 어두운 물속을 조심스럽게 들여다보며 말했다. 하지만 양은 멸시하듯 웃기만 할 뿐 계속 뜨개질을 했다.

"여기엔 게가 많은가 봐요?"

앨리스가 물었다.

"게뿐만 아니라 온갖 것들이 다 있지. 네가 마음만 정하면 얼마든지 선택할 수 있어. 자, 넌 대체 뭘 살 거니?"

양이 말했다.

"사다뇨!"

앨리스는 놀라기도 하고 겁먹기도 한 목소리로 양의 말을 그대로 따라했는데, 순식간에 노도 배도 강도 모두 사라져 버리고 어느새 자신은 그 작고 어두운 가게로 돌아와 있었기 때문이다.

"달걀을 살게요. 어떻게 파세요?"

앨리스가 머뭇거리며 말했다.

"한 개에 5펜스, 두 개에 2펜스야."

"그럼 두 개가 한 개보다 더 싸네요?"

앨리스가 지갑을 꺼내며 놀란 목소리로 물었다.

"단, 두 개를 사면 꼭 두 개를 다 먹어야 해."

"그럼 하나만 살게요."

앨리스가 계산대에 돈을 올려놓으며 말했다. 달걀의 상태가 나쁠지도 모른다는 생각이 들었기 때문이다.

양이 돈을 집어 상자에 넣었다.

"나는 절대 사람들의 손에 물건을 놓아 주지 않아. 그럴 필요가 전혀 없거든. 네가 직접 집어 가야 해."

양이 그렇게 말하고는 가게의 반대편 끝으로 가서 달걀을 선반 위에 똑바로 세워 놓았다.

'왜 그럴 필요가 없다는 거지?'

가세 내부는 끝 쪽으로 길수록 더 어두웠기 때문에 앨리스는 탁자와 의자 사이를 더듬어 나가며 생각했다.

"내가 달걀 쪽으로 걸어가면 갈수록 달걀은 점점 더 멀어지는 것 같아. 어디 보자, 이게 의자인가? 어머, 의자에 나뭇가지가 달려 있잖아! 여기에서 나무가 자라고 있다니 정말 이상해! 그리고 여기 작은 개울도 있잖아! 세상에, 이렇게 이상한 가게는 평생 처음이야!"

*　　*　　*　　*　　*

　그렇게 앨리스는 계속 한 발씩 내디딜 때마다 점점 더 호기심이 커져 갔다. 앨리스가 다가가는 순간 모든 것이 나무로 변하자 앨리스는 달걀도 똑같이 나무로 변하지 않을까 하고 예상했다.

제6장

험프티 덤프티

하지만 달걀은 점점 더 커지기만 하더니 점차 사람의 모습이 되어 갔다. 앨리스가 달걀로부터 몇 미터 앞에 이르자 달걀에 눈, 코, 입이 있는 게 보였다. 그리고 가까이 다가가서 보니 그건 분명 험프티 덤프티(*영국의 전래 동요에 나오는 달걀 모양의 인물.)였다.

"절대 험프티 덤프티가 아닌 다른 사람일 리가 없어! 꼭 얼굴에 온통 그의 이름이 쓰여 있는 것처럼 확실하잖아."

앨리스가 혼잣말을 했다. 그 거대한 얼굴에는 이름을 백 번이라도 수월하게 쓸 수 있을 것 같았다. 험프티 덤프티는 터키 사람처럼 책상다리를 하고 높은 담장 위에 앉아 있었는데, 앨리스는 그토록 좁은 담장 위에서 험프티 덤프티가 어떻게 균형을 잡고 있는지 무척 궁금했다. 그리고 험프티 덤프티의 시선이 정반대 쪽으로 고정된 채 앨리스가 다가와도 전혀 눈치채지 못하길래, 앨리스는 결국 험프티 덤프티가 솜을 채워 넣은 인형임에 틀림없다고 생각했다.

"어쩜 저렇게 달걀하고 똑같이 생겼을까!"

험프티 덤프티는 금방이라도 떨어질 것만 같았다. 그래서 앨리스는 손으로 험프티 덤프티를 붙잡을 준비를 한 채로 서서 큰 소리로 말했다.

"정말 짜증 나는군! 달걀이라고 부르다니. 진짜 짜증 나!"

험프티 덤프티가 긴 침묵 끝에, 여전히 앨리스에게 눈길을 주지 않은 채로 입을 열었다.

"달걀이 아니라 '달걀처럼 생겼다'고 말했어요."

앨리스가 부드럽게 설명했다.

"그리고 어떤 달걀은 아주 예쁘잖아요."

앨리스는 자기의 말을 칭찬으로 받아들이길 바라며 덧붙였다.

"어떤 사람은 갓난아기보다 더 분별력이 없지!"

험프티 덤프티는 여전히 앨리스에게 눈길을 주지 않은 채로 말했다. 앨리스는 이 말에 뭐라고 대답해야 할지 알 수 없었다. 험프티 덤프티가 딱 꼬집어 앨리스에게 말을 한 게 아니어서 전혀 대화 같지 않았다. 또 사실상 그의 마지막 말은 앨리스가 아니라 분명 나무를 보고 한 말이었기 때문에 앨리스는 가만히 서서 조용히 험프티 덤프티 동요 노랫말을 외워 보았다.

험프티 덤프티, 담장에 앉아 있었다네.

험프티 덤프티, 그만 쿵 떨어졌다네.

왕의 말과 신하가 모두 왔지만

험프티 덤프티를 다시 원래대로 돌려놓을 수 없었다네.

"마지막 행은 시로는 너무 기네."

앨리스는 험프티 덤프티가 자기 말을 들을지 모른다는 사실을 깜박하고 큰 소리로 덧붙였다.

"그렇게 혼자 중얼거리며 서 있지 말고 이름과 용건을 말해."

험프티 덤프티가 처음으로 앨리스를 쳐다보며 말했다.

"제 이름은 앨리스고요……."

"정말 바보 같은 이름이로군! 그게 무슨 뜻이야?"

험프티 덤프티가 참지 못하고 끼어들었다.

"꼭 이름에 무슨 뜻이 있어야 하는 거예요?"

앨리스가 의심스러운 듯 물었다.

"당연하지."

험프티 덤프티가 짧게 웃으며 대답했다.

"내 이름은 내가 생긴 모양을 뜻해. 얼마나 잘생긴 모양인지도 뜻하지. 네 이름은 어떤 모양에 붙이든 상관없겠어."

"왜 여기 혼자 앉아 계세요?"

앨리스는 입씨름을 하기 싫어서 다른 질문을 했다.

"그야 나 말고는 아무도 없으니까 그렇지! 내가 그깟 질문에 대답도 못할 줄 알았어? 다른 질문을 해 봐."

험프티 덤프티가 소리쳤다.

"땅바닥에 내려와 있는 게 더 안전하다고 생각하지 않으세요? 그 담장은 진짜 너무 좁아요!"

앨리스는 수수께끼를 낸다는 생각보다 그저 착한 마음에 이 괴상한 생물이 걱정이 되어 또 물었다.

"무슨 수수께끼가 이렇게 쉬워!"

험프티 덤프티가 투덜대며 말을 이어 갔다.

"물론 그렇게 생각하지 않아! 에, 내가 떨어진다면, 그럴 가능성은 전혀 없지만, 하여간에 만약 내가 떨어진다면……."

이 말을 하며 험프티 덤프티가 입술을 오므렸는데 굉장히 진지하고 장엄해 보여서 앨리스는 하마터면 웃음을 터뜨릴 뻔했다.

"내가 떨어진다면 왕이 내게 약속하셨지. 아, 놀라고 싶으면 얼마든지 놀라도 돼! 넌 내가 이런 말을 할 줄 몰랐겠지, 그렇지? 왕이 당신 입으로 직접 내게 약속하시기를……."

"왕의 말과 신하를 모두 보내 주겠다고요?"

앨리스가 현명하지 못하게 끼어들었다.

"행동거지가 너무 나쁘군! 넌 문 뒤에서…… 나무 뒤에서…… 굴뚝 밑에서 다 엿듣고 있었구나! 그렇지 않으면 그걸 알 리가 없어!"

험프티 덤프티가 갑자기 벌
컥 화를 내며 외쳤다.

"아니에요, 정말로 안 그랬
어요! 그건 책에 나와요."

앨리스가 아주 부드럽게 말
했다.

"아, 그렇군! 그런 것들이
책에 나올 수도 있겠군."

험프티 덤프티가 한결 차분
해진 목소리로 말을 이어 갔다.

"그게 소위 영국의 역사라고 하는 거지. 자, 나를 잘 봐 둬! 나
로 말할 것 같으면 왕과 대화를 나눈 몸이시라고. 아마도 넌 두
번 다시는 나 같은 사람을 볼 수 없을걸. 내가 거만한 사람이 아

니란 증표로 너와 악수를 해 주지!"

그러면서 입이 귀에 걸릴 정도로 씩 웃으며 몸을 앞으로 기울이고(거의 담장에서 굴러떨어질 것만 같은 정도로) 앨리스에게 손을 내밀었다. 앨리스는 험프티 덤프티가 내민 손을 잡으면서 다소 걱정스럽게 그를 쳐다보며 생각했다.

'더 웃다간 양쪽 입꼬리가 뒤통수에서 마주치겠어. 그럼 그의 머리가 어떻게 될까! 머리가 뚝 끊어져 버리면 어떡해!'

"맞아. 왕의 말과 신하 모두를 보내 금방 나를 다시 올려 줄 거라고, 꼭 그렇게 할 거라고 약속하셨지! 그런데 우리 대화가 너무 빠르게 진행되고 있군. 앞서 하던 이야기로 돌아가는 게 좋겠어."

험프티 덤프티가 말했다.

"죄송하지만 무슨 이야기를 하고 있었는지 기억나지 않아요."

앨리스가 아주 공손하게 말했다.

"그런 경우라면 다시 시작하지, 뭐. 내가 주제를 고를 차례지……. (앨리스는 '마치 이게 게임인 것처럼 이야기하잖아!' 하고 생각했다.) 자, 네게 물을게. 몇 살이라고 했지?"

앨리스는 잠깐 계산을 하고서 "일곱 살 반이에요." 하고 대답했다.

"틀렸어! 넌 결코 그런 말을 한 적이 없어!"

험프티 덤프티가 의기양양하게 외쳤다.

"몇 살이냐고 묻는 줄 알았는데요."

앨리스가 설명했다.

"그럴 의도였다면 그렇게 물었겠지."

험프티 덤프티가 말했다. 앨리스는 또다시 실랑이를 벌이기 싫어서 아무 대꾸도 하지 않았다.

"일곱 살 반이라! 아주 불편한 나이로군. 내게 조언을 구했다면 '일곱 살에서 멈춰.' 하고 말해 줬을 테지만 이제는 너무 늦었어."

험프티 덤프티가 생각에 잠겨 말했다.

"나이를 먹는 일에 무슨 조언을 구해요!"

앨리스가 화를 내며 말했다.

"너무 거만한 거 아냐?"

험프티 덤프티가 소리쳤다. 앨리스는 이 말에 더욱더 화가 났다.

"내 말은 나이를 먹는 것은 누구도 어쩔 수 없는 일이란 뜻이에요."

"누구는 어쩔 수 없는 일이겠지만 또 다른 누구와 함께라면 어쩔 수 있는 일이겠지. 적절한 도움을 받았으면 넌 일곱 살에서 멈췄을지도 몰라."

험프티 덤프티가 말했다.

"허리띠가 정말 멋지네요!"

앨리스가 불쑥 말을 돌렸다.(앨리스는 나이에 대한 이야기는 이제 할 만큼 했다고 생각했다. 그리고 그들이 정말로 번갈아 가며 대화 주제를 고르기로 되어 있다면 이번엔 자기가 주제를 고를 차례인 것 같았다.)

"아니, 그게 아니라."

앨리스는 다시 생각해 보고 고쳐 말했다.

"넥타이가 정말 멋지다고요. 아, 아니, 허리띠가 맞네요. ……죄송해요!"

험프티 덤프티는 굉장히 기분이 상한 표정이었다. 그래서 앨리스는 당황해서 얼른 사과하며 그 주제를 고르지 말걸 하고 후회했다.

'어디가 목이고 어디가 허리인지만 알았더라면!'

앨리스는 속으로 생각했다. 험프티 덤프티는 잠시 동안 아무 말도 하지 않았지만 화가 무척 많이 난 게 분명했다. 그가 다시 입을 열었을 때는 굵직하고 낮은 목소리로 으르렁거리듯 말했다.

"정말이지…… 사람…… 약 올리는군! 넥타이와 허리띠도 구분하지 못하다니!"

"제가 너무 뭘 몰라서요."

앨리스가 굉장히 겸손한 어투로 말하자 험프티 덤프티는 마음이 누그러졌다.

"얘야, 이건 넥타이란다. 네가 말했듯 멋진 넥타이지. 하얀 왕과 여왕이 주신 선물이야. 자, 한번 보렴!"

"정말이에요?"

앨리스는 자기가 결국 좋은 주제를 골라냈다는 생각에 대단히 기뻐하며 말했다.

"두 분이 내게 이걸 주셨어."

험프티 덤프티가 다리를 꼬고 무릎에 깍지 낀 두 손을 올려놓은 채 생각에 잠겨 말을 이어 갔다.

"그분들이 내게 이걸 주셨지. ……안 생일 선물로."

"저기, 죄송하지만……."

앨리스가 어리둥절해하며 말했다.

"죄송은 무슨, 나 화 안 났는데?"

"아뇨. 그게 아니라, 죄송하지만 '안 생일 선물'이 뭐냐고요."

"당연히 생일이 아닌 날에 받는 선물이지."

앨리스는 잠시 생각에 잠겼다.

"난 생일 선물이 더 좋아요."

마침내 앨리스가 말했다.

"넌 네가 무슨 말을 하는지도 모르는군! 일 년은 며칠이지?"

험프티 덤프티가 소리쳤다.

"365일이죠."

"그럼 일 년에 네 생일은 며칠이나 돼지?"

"하루죠."

"그러면 365에서 1을 빼면 얼마가 남지?"

"물론 364죠."

험프티 덤프티는 앨리스의 대답이 영 못 미더운 표정이었다.

"그걸 종이에다 직접 계산한 걸 봤으면 좋겠는데."

험프티 덤프티가 말했다.

앨리스는 저도 모르게 웃음이 터져 나오는 가운데 수첩을 꺼내 험프티 덤프티를 위해 계산을 했다.

$$365$$
$$- \quad 1$$
$$364$$

험프티 덤프티가 수첩을 받아 들고 꼼꼼히 살펴보았다.

"계산은 맞게 한 것 같은데……."

험프티 덤프티가 말하기 시작했다.

"수첩을 거꾸로 들었잖아요!"

앨리스가 끼어들었다.

"정말로 그랬군!"

앨리스가 수첩을 바로 돌려주자 험프티 덤프티가 유쾌하게 말했다.

"아무래도 좀 이상하다 싶었어. 좀 전에 말했듯 계산은 맞게 한 것 같군. 지금 당장은 철저히 검토할 시간이 없지만 말이야. 아무튼 이 계산에 따르면 네가 안 생일 선물을 받을 수 있는 날은 364일이 되잖아."

"그렇죠."

"생일 선물을 받을 수 있는 날은 단 하루뿐이지. 자, 너한테 영광이야!"

"'영광'이라니 무슨 말인지 모르겠어요."

험프티 덤프티는 얕잡아 보듯 씩 웃었다.

"당연히 넌 모르겠지. 내가 말해 주기 전까지는 전혀. 그건 내가 '논쟁에서 너한테 멋지게 한 방 먹였다'는 뜻이야!"

"하지만 '영광'은 '논쟁에서 멋지게 한 방 먹였다'는 뜻이 아니에요."

앨리스가 반박했다.

"내가 어떤 단어를 사용할 때 그 단어는 더도 덜도 아닌 바로 내가 선택한 의미로 쓰여."

험프티 덤프티가 약간 경멸하는 투로 말했다.

"문제는 아무나 단어 뜻을 자기 맘대로 바꿔 여러 가지 다른 뜻으로 쓸 수 있냐는 거예요."

"문제는 어느 쪽이 주인이 되느냐 하는 거야. 그게 다야."

앨리스는 너무나 당혹스러워 말문이 딱 막혔다. 그러자 잠시 후 험프티 덤프티가 다시 말하기 시작했다.

"단어들도 성격이 있어. 어떤 단어들은 그래. 특히 동사는 말이야, 자존심이 가장 세. 형용사로는 뭐든 할 수 있지만 동사는 그렇지 않아. 하지만 난 동사도 전부 다 내 맘대로 다룰 수 있어! 불가입성! 내가 말하는 건 바로 그거야!"

"저기, 그게 무슨 뜻인지 설명해 주시겠어요?"

"이제 제법 분별 있는 아이처럼 말하는군."

무척 흐뭇한 표정으로 험프티 덤프티가 설명하기 시작했다.

"'불가입성'이란 말은 우리가 그 주제에 대해 충분히 이야기를 나눴으니, 네가 남은 평생을 여기에 머물러 있을 게 아니라면 다음에는 무엇을 할 작정인지 말해 주면 좋겠단 뜻이야."

"단어 하나에 정말 많은 뜻이 담겼네요."

앨리스가 생각에 잠긴 목소리로 말했다.

"난 한 단어에게 그렇게 많은 일을 시킬 때면 언제나 특별 수당을 지불한단다."

험프티 덤프티가 말했다.

"오!"

앨리스는 너무나 당혹스러워 이것 말고 다른 말은 나오지도 않았다.

"아아, 토요일 밤에 단어들이 급료를 받으러 내 주위로 몰려오는 걸 네가 봐야 하는데."

험프티 덤프티가 엄숙하게 고개를 절레절레 저으며 말했다.

(앨리스는 단어들에게 급료로 무엇을 주는지 감히 물어보지 못했다. 그래서 나도 여러분에게 말해 줄 수가 없다.)

"선생님은 단어를 설명하는 솜씨가 진짜 남다르신 것 같아요. 그래서 말인데 「재버워크의 노래」란 시의 뜻을 설명해 주실 수 있으세요?"

"일단 한번 들어 보지. 난 이제까지 지어진 모든 시를 다 설명할 수 있어. 그리고 아직 지어지지 않은 시들도 거의 다 설명할 수 있지."

앨리스는 그 말이 아주 희망적으로 들려서 첫 연을 암송했다.

> 지글저녁녘, 나긋미끈한 토브들이
> 해시변덕에서 휙윙돌며 뾰쪽파네.
> 보로고브들은 완전히 비쩍꾀죄하고
> 집난 래스들은 야엣휫거렸지.

"우선은 거기까지만 하지."

험프티 덤프티가 끼어들었다.

"그 시에는 어려운 단어들이 많군. '지글저녁녘'이란 오후 네 시를 뜻해. 네가 저녁 식사를 준비하며 지글거리기 시작하는 때지."

"그렇군요. 그럼 '나긋미끈한'은 무슨 뜻이에요?"

"음, '나긋미끈한'이란 말은 '나긋나긋하고 미끈하다'는 뜻이야. '나긋나긋하다'는 말은 '활발하다'와 같은 말이지. '나긋미끈한'은 합성어 같은 거야. 한 단어에 두 가지 뜻이 들어가 있는 거지."

"이제 알겠어요. 그러면 '토브'는 뭐예요?"

앨리스가 생각에 잠겨 말했다.

"음, '토브'는 오소리 비슷한 동물이야. 도마뱀하고도 비슷하고 타래송곳하고도 비슷하지."

"정말 이상하게 생긴 동물이겠네요."

"그렇지. 또 토브는 해시계 밑에 둥지를 틀지. 음, 그리고 또 토브는 치즈를 먹고 살아."

"그럼 '휙윙돌며'와 '뾰족파네'는 무슨 뜻이에요?"

"'휙윙돌며'는 소용돌이처럼 휙휙 돈다는 뜻이고, '뾰족파네'는 타래송곳처럼 구멍을 판다는 뜻이야."

"그럼 '해시변덕'은 해시계 주변의 언덕이겠네요?"

앨리스는 이렇게 물으며 자신의 창의력에 놀랐다.

"물론이지. 그걸 '해시변덕'이라고 부르는 이유는 해시계 앞쪽 주변으로도 뒤쪽 주변으로도 멀리까지 뻗어 있어서 그런 건데……."

"그리고 양옆 주변으로도 멀리까지 뻗어 있고요."

앨리스가 덧붙였다.

"그래, 맞아. 그리고 '비쩍꾀죄하고'는 '비쩍 마르고 꾀죄죄하다'는 뜻이야. 이것도 합성어지. 그리고 '보로고브'는 깃털이 사방으로 삐죽삐죽 튀어나와 있는 비쩍 마르고 꾀죄죄한 모습의 새야. 꼭 살아 있는 대걸레처럼 생겼지."

"그러면 '집난 래스'는요? 제가 너무 귀찮게 하는 건 아닌지 모르겠네요."

"음, '래스'는 녹색 돼지의 일종이야. 하지만 '집난'은 나도 잘 모르겠어. '집에서 나온'을 줄인 말 같은데…… 그럼 집을 나와 길을 잃었다는 뜻이겠지."

"그럼 '야엣휫거렸지'는 무슨 뜻이에요?"

"음, '야엣휫거렸지'는 고함치는 것과 휘파람 부는 것의 중간쯤 되는 건데 가운데에 재채기 소리도 들어가지. 저쪽 숲 속에 가면 그 소리를 들을 수 있을 거야. 한 번만 들어도 내 설명에 동의할걸. 그런데 대체 누가 너한테 그렇게 어려운 시를 들려줬어?"

"책에서 읽었어요. 하지만 그것보다 훨씬 더 쉬운 시도 들었어요. 음…… 트위들디에게서 들은 것 같아요."

"시에 대해서라면 말이지……."

험프티 덤프티가 커다란 손 하나를 쭉 뻗으며 계속 말했다.

"나도 누구 못지않게 잘 외울 수 있어. 말이 나온 김에 어디 나도 한번……."

"아뇨, 그러실 필요 없으세요!"

험프티 덤프티가 시를 외우려는 걸 막으려고 앨리스가 서둘러 말렸다.

"내가 들려주려는 시는 오로지 너를 즐겁게 해 주려고 지은 시야."

험프티 덤프티가 앨리스의 말에도 아랑곳하지 않고 계속 말했다.

앨리스는 그렇다면 정말이지 꼭 들을 수밖에 없겠다고 생각하고는 자리에 앉아 약간 슬프게 "고마워요." 하고 말했다.

겨울에 들판이 새하얗게 변하면
내 너를 기쁘게 하고자 이 노래를 부르노라.

"그런데 내가 실제로 노래를 하는 건 아냐."
험프티 덤프티가 설명을 덧붙였다.
"저도 알아요."
"내가 노래를 부를지 안 부를지 알 수 있다니 넌 세상에서 가
장 날카로운 눈을 가졌나 보군."
험프티 덤프티가 엄하게 한 마디 했다. 앨리스는 입을 다물었
다.

봄에 숲이 점점 푸르러지면
내 너에게 내 말이 무슨 뜻인지 말해 주리라.

"정말 고마워요."
앨리스가 말했다.

여름에 낮이 길어지면
넌 이 노래를 이해하게 되리라.

> 가을에 나뭇잎이 갈색으로 물들면
> 펜과 잉크를 가져와 이것을 적어 두려무나.

"그럴게요. 제가 그것을 아주 오랫동안 기억할 수 있다면요."
앨리스가 말했다.
"그렇게 일일이 말끝마다 대꾸하지 않아도 돼. 되지도 않은
대꾸로 자꾸 날 헷갈리게 하고 있잖아."

> 나는 물고기에게 서신을 보냈지.
> "내가 바라는 건 바로 이거야." 하고.

> 바다의 작은 물고기들이
> 내게 답장을 보내왔지.

> 작은 물고기들의 답은
> "선생님, 우리는 그것을 할 수 없어요. 왜냐하면……."

"죄송하지만 이해가 잘 안 되는데요."
앨리스가 말했다.
"조금만 있으면 쉬워져."
험프티 덤프티가 대답했다.

나는 물고기들에게 다시 서신을 보냈지.
"내 말에 순순히 따르는 게 좋을걸." 하고.

물고기들은 씩 웃으며 답했지.
"이런, 단단히 화나셨군요!"

내가 물고기들에게 한 번 말하고, 두 번 말했지만
물고기들은 내 충고를 들으려 하지 않았어.

나는 내가 하려는 일에 꼭 맞는
커다란 새 솥을 가져갔지.

내 심장이 쿵쿵, 가슴이 벌렁벌렁 뛰었지.
나는 펌프질을 해서 솥에 물을 채웠지.

그때 누군가 내게 와서 말했지.
"작은 물고기들이 자고 있어요."라고.

난 그에게 똑똑히 말했지.
"그렇다면 물고기들을 다시 깨워야지."라고.

나는 그 말을 아주 크고 분명하게 말했어.

가서 그의 귀에 대고 소리쳤지.

험프티 덤프티는 이 연을 외우면서 거의 비명에 가깝게 목청을 높였고 앨리스는 몸을 부르르 떨며 생각했다.

'난 무엇을 준다 해도 그런 심부름꾼 노릇은 하지 않았을 거야!'

하지만 그는 아주 뻣뻣하고 거만해서

"그렇게 크게 소리칠 필요는 없잖아요!" 하고 따졌지.

그는 어찌나 거만하고 뻣뻣한지
"내가 가서 물고기들을 깨우죠. 만약에……." 하고 말하더군.

난 선반에서 타래송곳을 가져와
직접 물고기들을 깨우러 갔지.

그런데 문이 잠겨 있어서
밀고 당기고 발로 차고 두드려 댔지.

문이 닫혀 있어서
손잡이를 잡고 돌려 봤지만…….

그러고는 긴 침묵이 흘렀다.
"그게 다예요?"
앨리스가 머뭇거리며 물었다.
"이게 다야. 잘 가."
험프티 덤프티가 말했다.
'이건 너무 갑작스럽잖아.'
앨리스는 속으로 생각했다. 하지만 이제 그만 가라는 암시를
그토록 강하게 받았으니 그대로 머무는 것은 실례인 것 같았다.
그래서 앨리스는 일어나서 손을 내밀었다.

"다시 만날 때까지 안녕히 계세요!"

앨리스는 최대한 쾌활하게 인사했다.

"우리가 다시 만난다 하더라도 난 널 알아보지 못할 거야. 넌 다른 사람들하고 똑같이 생겼으니까."

험프티 덤프티가 악수를 하려고 앨리스에게 손가락 하나를 내밀며 불만스러운 투로 대꾸했다.

"대개 얼굴을 보면 구별할 수 있잖아요."

앨리스가 생각에 잠긴 목소리로 말했다.

"내가 불만스러운 게 바로 그 점이야. 네 얼굴은 다른 모든 사람들하고 똑같아. 눈이 두 개고(엄지손가락으로 허공에 눈 있는 자리를 표시하며) 가운데는 코가 있고, 그 밑에는 입이 있지. 언제나 똑같아. 만약 네 눈 두 개가 모두 코의 한쪽 옆에 붙어 있다거나 입이 맨 위에 있다면 한결 도움이 될 텐데."

"그럼 보기에 좋지 않을 거예요."

앨리스가 반박했다. 하지만 험프티 덤프티는 눈을 감고서 "한 번 해 보지도 않고 네가 어떻게 알아?" 하고 말할 뿐이었다.

앨리스는 험프티 덤프티가 다시 말을 잇지 않을까 해서 잠시 기다렸지만, 험프티 덤프티는 절대 눈을 뜨지도 않았고 더 이상 앨리스를 아는 척하지도 않았다. 그래서 앨리스는 다시 한 번 "안녕히 계세요!" 하고 인사하고는 대답도 듣지 못하고 조용히 자리를 떴다. 하지만 앨리스는 걸어가면서 혼잣말을 하지 않을 수 없었다.

"내가 지금껏 만난 가장 불만족스러웠던……."(앨리스는 그렇게 긴 단어를 말했다는 사실에 크게 위안을 받아 그 단어를 다시 한 번 큰 소리로 되풀이했다.)

"불만족스러웠던 사람은……."

하지만 앨리스는 말을 마저 다 끝내지 못했는데 왜냐하면 바로 그 순간 쾅 와지끈하고 깨지는 육중한 소리가 숲을 끝에서 끝까지 뒤흔들었기 때문이다.

제7장
사자와 유니콘

다음 순간 병사들이 숲 속을 달려왔다. 처음에는 두세 명씩, 그러더니 열 명, 스무 명이 한꺼번에 몰려와 마침내는 숲 전체가 병사들로 꽉 들어찬 것처럼 보였다. 앨리스는 병사들에게 치일까 봐 나무 뒤에 숨어서 병사들이 지나가는 광경을 지켜보았다.

앨리스는 그렇게 잘 걸려 넘어지는 병사들을 평생 처음 보는 것 같았다. 걸핏하면 뭔가에 걸려 넘어졌고 하나가 넘어지면 매번 여럿이 그 위에 엎어져서 땅바닥은 금세 널브러진 병사들의 무더기로 뒤덮였다.

그런 다음에는 말들이 달려왔다. 말들은 발이 네 개여서 보병들보다 조금 낫기는 했지만 말들 역시 가끔씩 발부리가 걸려 비틀거렸다. 무슨 정해진 규칙이라도 되는 듯 말이 발부리가 걸려 비틀거릴 때마다 곧바로 기수가 말에서 떨어졌다. 혼란은 갈수록

더 심해졌고 앨리스는 그 숲에서 벗어나 탁 트인 곳으로 나오게 되자 무척 기뻤는데, 그곳에는 하얀 왕이 땅바닥에 앉아서 수첩에 뭔가를 부지런히 적고 있었다.

"내가 병사들을 다 보냈어!"

하얀 왕이 앨리스를 보자마자 기쁜 목소리로 외쳤다.

"얘야, 혹시 숲에서 병사들을 마주치지 않았니?"

"예, 마주쳤어요. 수천 명은 되어 보이던데요."

"정확히 사천이백일곱 명이지."

하얀 왕이 수첩을 보며 말했다.

"말들은 다 보내지 못했어. 두 마리는 게임에 필요하니까. 그리고 전령 둘도 보내지 못했어. 둘 다 마을에 가 있어서 말이야. 길을 좀 살펴보고 둘 중 하나라도 보이면 내게 알려 다오."

"길에는 아무도 안 보여요."

"나도 눈이 그렇게 좋으면 얼마나 좋을까. '아무도 안'이 보이다니! 게다가 그렇게나 멀리까지 보이다니! 에이, 난 이 정도 밝기에서는 진짜 사람밖에 안 보이는데!"

하얀 왕이 투정하듯 말했다. 이 모든 말이 앨리스의 귀에 들어오지 않았는데, 앨리스가 한 손을 이마에 대고 햇빛을 가리며 계속 길을 살펴보고 있었기 때문이었다.

"이제 누군가 보여요!"

마침내 앨리스가 소리쳤다.

"하지만 아주 천천히 오고 있어요. 그리고 정말 이상한 자세를 취하고 있어요!"(그 전령은 두 손을 부채처럼 양쪽으로 활짝 펼친 채 펄쩍펄쩍 뛰고 뱀장어처럼 꿈틀거리며 다가오고 있었다.)

"이상할 것 전혀 없어! 그는 앵글로색슨 족 전령이고 저게 바로 앵글로색슨 족 자세지. 그는 행복할 때만 저런 자세를 취해. 그의 이름은 헤어(*『이상한 나라의 앨리스』에 나오는 삼월 토끼.) 야."(하얀 왕은 전령의 이름을 시장을 뜻하는 '메이어'와 운을 맞춰 발음했다.)

"나는 'ㅎ'으로 시작하는 이름을 지닌 사람을 좋아해요. 왜냐하면 'ㅎ'으로 시작하는 이름을 지닌 사람은 '행'복하니까요."

앨리스는 말장난을 시작하지 않을 수 없었다.

"그리고 나는 'ㅎ'으로 시작하는 이름을 지닌 사람을 싫어해요. 왜냐하면 'ㅎ'으로 시작하는 이름을 지닌 사람은 '흉'측하니까요. 나는 그에게 으음, '햄' 샌드위치와 '호'밀 건초를 먹였어요. 그의 이름은 '헤'이어고요. 그가 사는 곳은……."

"'흙'무더기지."

앨리스가 'ㅎ'으로 시작하는 장소 이름을 찾느라 머뭇거리자 하얀 왕은 자기가 말장난 게임에 끼어들고 있다는 생각은 전혀 하지도 못한 채 간단히 대꾸하고 말을 이어 갔다.

"다른 전령은 해터(*『이상한 나라의 앨리스』에 나오는 모자 장수.) 야. 내겐 전령이 둘이 있어야 해. 오고 가야 하니까. 하나는 오고 하나는 가고."

"저어, 죄송하지만⋯⋯."

"네가 죄송할 일이 뭐가 있어?"

"아니, 그게 아니라 무슨 말씀인지 모르겠다고요. 왜 하나는 오고 하나는 가야 하죠?"

"내가 말하지 않았어? 내겐 전령이 '둘'이 있어야 한다고. 가져오고 가져가야 하니까. 하나는 가져오고 하나는 가져가고."

하얀 왕이 짜증을 내며 같은 말을 반복했다.

바로 그 순간 전령이 도착했다. 전령은 너무 숨이 차서 한 마디도 못하고 겨우 손만 이리저리 흔들며 불쌍한 왕에게 몹시 겁먹은 표정을 지어 보였다.

"이 꼬마 아가씨가 'ㅎ'으로 시작하는 너를 좋아한다는군."

하얀 왕은 전령의 주의를 자신에게서 다른 데로 돌리려고 앨리스를 소개했다. 하지만 소용없었다. 전령의 앵글로색슨 족 자세는 갈수록 더 괴상해질 뿐이었고 그러는 동안 커다란 눈을 미친 듯이 이리저리 굴렸다.

"날 놀라게 좀 하지 마! 기절할 것 같으니 햄 샌드위치를 다오!"

하얀 왕이 말했다. 그 말에 전령이 목에 걸고 있던 자루를 열어서 샌드위치를 건넸고 하얀 왕은 걸신들린 듯 게걸스레 먹어치웠는데, 앨리스는 그 모습을 아주 재미있게 지켜봤다.

"샌드위치 하나 더!"

하얀 왕이 말했다.

"이제 호밀 건초밖에 안 남았는데요."

전령이 자루 안을 들여다보며 말했다.

"그렇다면 호밀 건초를 다오."

하얀 왕이 힘없이 나지막한 목소리로 중얼거렸다. 하얀 왕이 호밀 건초를 먹고 기운을 되찾는 모습을 보고 앨리스는 기뻤다.

"기절할 것 같을 때는 호밀 건초만한 게 없지."

하얀 왕이 호밀 건초를 우적우적 씹어 먹으며 앨리스에게 말했다.

"찬물을 끼얹는 게 더 낫지 않을까요? 아니면 탄산암모늄(*기절한 사람의 코 밑에 대서 강한 냄새로 정신을 차리게 하는 데 사용하던 약.) 냄새를 맡게 하든지요."

앨리스가 제안했다.

"호밀 건초보다 '더 나은' 게 없다고는 말하지 않았어. 호밀 건초'만한' 게 없다고 했지."

하얀 왕의 말에 앨리스는 감히 아니라고 할 수가 없었다.

"길에서 누구를 지나쳤지?"

하얀 왕이 호밀 건초를 더 달라고 전령에게 손을 내밀며 물었다.

"아무도 안 지나쳤는데요."

전령이 말했다.

"그렇군. 이 꼬마 아가씨도 '아무도 안'을 봤다더군. 그러니 당연히 '아무도 안' 그자가 너보다 느리게 걷는 거야."

"전 최선을 다했습니다. 분명 저보다 훨씬 빠르게 걷는 사람은 아무도 없었다고요!"

전령이 토라진 목소리로 말했다.

"그래, 그렇겠지. 그렇지 않았다면 '아무도 안'이란 자가 먼저 여기에 와 있을 테니까. 자, 이제 숨 돌렸으면 마을에서 무슨 일이 일어났는지 말해 보아라."

"귓속말로 말씀드리겠습니다."

전령이 두 손을 입에 대고 나팔 모양으로 만들어 왕의 귀에 바짝 갖다 대며 말했다. 앨리스는 자기도 같이 소식을 듣고 싶었던 터라 아쉬웠다. 그런데 전령은 속삭이는 대신 목청껏 고래고래

소리를 질렀다.

"그들이 또 시작했습니다!"

"그걸 지금 귓속말이라고 한 거야?"

가엾은 왕이 펄쩍 뛰어오르며 몸을 부들부들 떨면서 소리쳤다.

"또다시 이런 짓을 했다간 몸에 잔뜩 버터가 발릴 줄 알아! 너 때문에 머릿속이 지진이 난 것처럼 흔들렸잖아!"

'아주 작은 지진이었겠네!'

앨리스는 생각했다.

"누가 또 시작했다는 거예요?"

앨리스가 용기를 내어 물었다.

"그야 물론 사자와 유니콘(*이마에 뿔이 난 말 모양의 전설 속의 동물.)이지."

왕이 대답했다.

"왕관을 놓고 싸우는 거예요?"

"그래, 맞아. 그런데 가장 웃기는 게 뭐냐면 그게 '나의' 왕관이라는 거야! 어서 달려가서 구경하자꾸나."

그러고는 그들은 총총걸음으로 그 자리를 떠났다. 앨리스는 달려가면서 옛 노래의 가사를 속으로 중얼거렸다.

사자와 유니콘이 왕관을 놓고 싸웠네.

사자가 온 마을을 빙빙 돌며 유니콘을 때렸네.

어떤 이들은 그들에게 하얀 빵을 주었고,

어떤 이들은 갈색 빵을 주었네.

어떤 이들은 건포도 케이크를 주고는

북을 쳐서 마을에서 그들을 쫓아냈네.

"이기는…… 쪽이…… 왕관을…… 차지하게…… 되나요?"

앨리스는 달리느라 숨이 턱까지 차올라 겨우 소리 내어 물었다.

"맙소사, 아니야! 말도 안 되는 생각이야!"

왕이 대답했다.

"괜찮으시면…… 숨 좀 돌리게…… 일 분만 멈추면…… 안 될까요?"

조금 더 달린 후에 앨리스가 숨을 헐떡이며 말했다.

"난 괜찮아. 하지만 일 분을 멈출 만큼 힘이 세진 않아. 너도 알다시피 일 분은 정말 무섭도록 빨리 지나가. 차라리 밴더스내치를 멈추는 편이 나을 거야!"

왕이 말했다. 앨리스는 숨이 차 더 이상 말을 할 수가 없어서 조용히 계속 달렸다. 마침내 많은 군중들이 보이기 시작했고 그 한복판에서 사자와 유니콘이 싸우고 있었다. 사자와 유니콘은 자욱한 먼지 구름에 휩싸여 있어서 앨리스는 누가 누군지 분간할 수 없었다. 하지만 뿔을 보고 금방 유니콘을 알아볼 수 있었다.

그들은 또 다른 전령인 해터 바로 곁에 자리를 잡았다. 해터는 한 손에는 찻잔을, 다른 한 손에는 버터 바른 빵 조각을 들고서 싸움을 구경하며 서 있었다.

"해터는 이제 막 감옥에서 나왔는데 감옥에 잡혀 들어갈 때 미처 차를 다 마시지 못했었어. 감옥에서는 굴 껍질밖에 안 준대. 그러니 해터가 지금 얼마나 배가 고프고 목이 마르겠니."

헤이어가 앨리스에게 속삭였다.

"어이, 친구, 잘 있었나?"

헤이어가 해터의 목에 한 팔을 다정하게 두르며 말을 걸었다. 해터가 돌아보고 고개를 끄덕이고는 계속 버터 바른 빵을 먹었다.

"이봐 친구, 감옥에선 지낼 만했나?"

헤이어가 물었다. 해터가 다시 한 번 돌아봤는데 이번에는 눈물 한두 방울이 뺨을 타고 흘러내렸을 뿐 말은 한 마디도 하지 않았다.

"이보게, 뭐라고 말 좀 해 봐!"

헤이어가 조바심치며 소리쳤다. 하지만 해터는 빵을 우적우적 씹고 차를 몇 모금 더 마실 뿐이었다.

"말을 하라니까! 싸움은 어떻게 돼 가고 있느냐?"

왕이 외쳤다. 해터는 필사적으로 노력해 커다란 빵 조각을 꿀꺽 삼켰다.

"둘 다 잘하고 있습니다. 각각 여든일곱 번쯤 쓰러졌습니다."

해터가 목멘 소리로 말했다.

"그렇다면 이제 곧 하얀 빵과 갈색 빵을 가져오겠네요?"

앨리스가 과감히 나서서 말했다.

"지금 그걸 기다리는 중이야. 내가 먹고 있는 이 빵도 그 조각이지."

바로 그때 싸움이 잠시 중단되었다. 사자와 유니콘이 숨을 헐떡이며 자리에 주저앉자 하얀 왕이 소리쳤다.

"십 분 동안 간식을 허하노라!"

헤어어와 해터가 즉시 하얀 빵과 갈색 빵이 담긴 쟁반을 들고 돌아다녔다. 앨리스가 한 조각 맛을 보았는데 굉장히 퍽퍽했다.

"오늘은 더 이상 싸울 것 같지 않군. 가서 북을 치라고 명하

거라."

왕이 해터에게 말했다. 그러자 해터가 메뚜기처럼 폴짝폴짝 뛰어갔다.

앨리스는 잠시 가만히 서서 해터를 지켜보았다. 갑자기 앨리스의 얼굴이 환해졌다.

"저기 봐요! 저기요!"

앨리스가 어딘가를 열심히 가리키며 소리쳤다.

"하얀 여왕이 들판을 달려오고 있어요! 저쪽 숲에서 나는 듯이 달려오고 있어요! 여왕들은 정말 엄청나게 빨리 달릴 수 있네요!"

"적에게 쫓기고 있는 게 분명해. 저 숲은 적들로 가득 차 있거든."

하얀 왕은 여왕이 달려오는 쪽을 돌아보지도 않고 말했다.

"달려가서 여왕님을 도와주지 않으실 거예요?"

앨리스는 너무나도 침착한 왕의 태도에 굉장히 깜짝 놀라서 물었다.

"그럴 필요 없어! 전혀! 여왕은 정말이지 무섭도록 빨리 달리니까. 차라리 밴더스내치를 잡는 편이 나을걸! 하지만 네가 원한다면 여왕에 대해 기록은 해 두지. 여왕은 소중하고 훌륭한 피조물이야."

왕이 수첩을 펼치며 조용히 혼자 중얼거렸다.

"그런데 '피조물' 맞춤법이 이게 맞나?"

바로 그 순간 유니콘이 두 손을 호주머니에 찔러 넣은 채 그들 옆을 어슬렁거리며 지나갔다.

"이번에는 내가 더 잘했지?"

유니콘이 지나가면서 왕을 흘끗 보며 말했다.

"조금…… 그래, 조금. 하지만 사자를 뿔로 들이받지는 말았어야지."

왕이 약간 신경질적으로 대답했다.

"그래도 사자를 다치게 하지는 않았어."

유니콘이 아무렇지 않은 듯 대꾸했다. 그러고는 계속 지나가다가 우연히 앨리스에게 눈길이 머물렀다. 유니콘은 곧바로 앨리스 쪽으로 돌아서더니 아주 혐오스럽다는 듯 한참동안 앨리스를 바라보며 서 있었다.

"이건…… 대체…… 뭐지?"

유니콘이 마침내 물었다.

"이건 어린아이예요!"

헤이어가 앨리스 앞으로 다가와 앵글로색슨 족 자세로 두 팔을 쭉 뻗어 앨리스를 가리키며 열심히 설명했다.

"우리가 오늘 이것을 발견했어요. 실물 크기인데다 진짜보다 두 배는 더 자연스러워요!"

"난 지금껏 어린아이가 전설상의 괴물인 줄로만 알았는데! 이거 살아 있는 거야?"

유니콘이 물었다.

"이건 말도 할 줄 알아요."

헤이어가 진지하게 말했다.

"이봐, 어린아이. 말을 해 봐."

유니콘이 꿈꾸는 듯한 표정으로 앨리스를 바라보며 말했다. 앨리스는 저절로 입술이 말려 올라가며 씩 웃음이 나오는 가운데 말을 하기 시작했다.

"나도 지금껏 유니콘이 전설상의 괴물인 줄 알았어요! 살아 있는 유니콘은 한 번도 본 적이 없어요!"

"그럼 이제 우리가 서로를 봤으니 네가 나의 존재를 믿는다면 나도 너의 존재를 믿을게. 그러면 되겠지?"

유니콘이 말했다.

"좋아요."

"이봐, 영감. 건포도 케이크를 꺼내. 갈색 빵 말고!"

유니콘이 앨리스에게서 하얀 왕에게로 돌아서며 말했다.

"알았어, 알았다고!"

하얀 왕이 투덜거리며 헤이어를 손짓해 불렀다.

"자루를 열어! 어서! 그 자루 말고. 그건 호밀 건초로 가득하잖아!"

왕이 속삭였다. 헤이어는 자루에서 커다란 케이크를 꺼내더니 앨리스에게 들고 있으라고 주고는 접시와 고기 써는 큰 칼을 꺼냈다. 앨리스는 어떻게 자루에서 그 모든 것들이 나오는지 도무지 짐작도 되지 않았다. 꼭 요술을 부리는 것만 같았다.

일이 이렇게 진행되는 사이 어느새 사자도 그곳에 와 있었다. 사자는 무척 피곤하고 졸려 보였으며 눈은 반쯤 감겨 있었다.

"이건 뭐야!"

사자가 앨리스를 보고는 나른하게 눈을 껌벅거리며 커다란 종소리처럼 굵직하게 울리는 목소리로 말했다.

"아, 이게 뭘까? 넌 결코 짐작도 못할걸! 나도 못했으니까."

유니콘이 신이 나서 외쳤다. 사자는 피곤한 얼굴로 앨리스를 바라보았다.

"넌 동물이야…… 식물이야…… 아니면 광물이야?"

사자가 말끝마다 하품을 하며 물었다.

"이건 전설상의 괴물이야!"

앨리스가 대답도 하기 전에 유니콘이 끼어들어 소리쳤다.

"괴물아, 그럼 건포도 케이크를 나눠 줘."

사자가 땅바닥에 엎드려 눕더니 앞발에 턱을 올려놓으며 말했다. 그런 뒤 왕과 유니콘을 보며 계속 말했다.

"그리고 둘은 좀 앉지그래? 케이크를 공평하게 나누어야 하잖아!"

왕은 두 거대한 동물 사이에 앉아야 하는 것이 영 불편했지만 달리 앉을 자리가 없었다.

"저 왕관을 놓고 얼마나 멋지게 싸웠나 몰라!"

사자가 왕관을 음흉하게 쳐다보며 말했는데, 이 말에 하얀 왕이 어찌나 심하게 몸을 부들부들 떨던지 목이 거의 떨어져 나갈 것만

같았다.

"내가 쉽게 이길 수 있었는데."

사자가 말했다.

"웃기시는군. 나는 전혀 그렇게 생각하지 않아."

유니콘이 말했다.

"왜 이러셔. 온 마을을 돌아다니며 나한테 두들겨 맞아 놓고는, 이 겁쟁이야!"

사자가 화가 나서 몸을 반쯤 일으키며 대꾸했다. 이쯤에서 더는 말다툼이 커지지 않도록 하려고 하얀 왕이 끼어들었는데, 잔뜩 겁을 먹어 목소리가 덜덜 떨렸다.

"온 마을을 돌아다녔다고? 그건 아주 먼 길이지. 옛 다리나

시장을 지났어? 옛 다리 옆이 경치가 가장 좋은데."

"잘 모르겠어. 먼지가 워낙 자욱해서 아무것도 보이지 않았거든. 그런데 저 괴물은 케이크 하나 자르는데 웬 시간이 그리 걸려!"

사자가 다시 엎드려 누우며 으르렁거렸다.

앨리스는 작은 개울가에 앉아 무릎 위에 커다란 케이크 접시를 올린 채로 아주 부지런히 칼질을 하고 있는 중이었다.

"아이, 정말 약 올라요! 이미 여러 조각 잘랐는데 아무리 잘라도 자꾸 다시 붙어 버리잖아요!"

앨리스가 사자의 말을 듣고 대꾸했다.(앨리스는 이제 '괴물'이라고 불리는 데 익숙해져 있었다.)

"넌 거울 나라의 케이크를 어떻게 다루는지 모르는구나. 먼저 나누어 주고 그런 다음에 잘라야지."

유니콘이 한 마디 했다. 말도 안 되는 소리 같았지만 앨리스는 순순히 일어나서 케이크 접시를 들고 돌아다녔다. 그러자 케이크가 세 조각으로 저절로 나뉘어졌다.

"이제 케이크를 잘라!"

앨리스가 빈 접시를 들고 자기 자리로 돌아오자 사자가 말했다.

"이건 불공평해! 괴물이 나보다 사자한테 두 배나 더 많이 줬어."

앨리스가 손에 칼을 든 채로 앉아서 어떻게 해야 할지 몰라

몹시 어리둥절해하고 있는데 유니콘이 소리쳤다.

"아무튼 자기 몫은 하나도 안 남겼잖아."

사자가 말했다.

"괴물아, 넌 건포도 케이크를 좋아하지 않니?"

하지만 사자의 질문에 앨리스가 채 대답도 하기 전에 북소리가 울렸다.

그 소리가 어디서 나는지 앨리스는 알 수가 없었다. 대기가 북소리로 가득 찬 것 같았고 머릿속에까지 계속 울려 급기야 앨리스는 귀가 먹먹해졌다. 앨리스는 깜짝 놀라서 벌떡 일어나 작은 개울을 폴짝 뛰어넘었다.

＊　＊　＊　＊　＊

개울을 뛰어넘으며 살펴보니, 뒤에 남은 사자와 유니콘이 식사를 방해 받아서 성난 표정으로 일어서고 있었다. 앨리스는 건너편 개울가에 털썩 무릎을 꿇고 앉아 두 손으로 귀를 틀어막고 그 끔찍하리만치 소란스러운 소리를 막으려 해 봤지만 허사였다.

'저런 북소리로도 사자와 유니콘을 마을에서 쫓아내지 못한다면 다른 어떤 것으로도 그렇게 못할 거야!'

앨리스는 속으로 생각했다.

제8장
"이건 내가 직접 발명한 거야."

잠시 후 북소리가 점차 잦아들더니 마침내 사방에 죽음과 같은 정적이 감돌았다. 앨리스는 대단히 놀라서 고개를 들었다. 주위에 아무도 보이지 않아서 앨리스는 사자와 유니콘과 그 기묘한 앵글로색슨 족 전령들이 나오는 꿈을 꾸었던 게 분명하다고 생각했다. 하지만 건포도 케이크를 올려놓고 자르려고 애썼던 커다란 접시가 그대로 자신의 발치에 놓여 있었다.

"그럼 결국 내가 꿈을 꾼 게 아니잖아. 그러니까 음, 이것마저도 꿈속의 꿈이 아니라면 말이야. 그렇다면 그게 내 꿈이면 좋겠어. 붉은 왕의 꿈이 아니라! 다른 사람의 꿈에 들어가 있고 싶진 않아."

앨리스는 푸념조로 혼자 계속 중얼거렸다.

"가서 붉은 왕을 깨워 보고 싶어. 어떻게 되는지 확인해 보

157

게!"

　바로 그 순간 "어이! 어이! 체크!" 하고 커다랗게 외치는 소리
가 들려 앨리스의 생각이 끊겼다. 붉은 갑옷을 입은 기사가 커다
란 곤봉을 휘두르며 말을 타고 앨리스 쪽으로 달려오고 있었다.
앨리스 앞에 이른 순간 말이 갑자기 딱 멈춰 섰다. 그 바람에 기
사가 말에서 굴러떨어지며 "넌 내 포로다!" 하고 소리쳤다.

　앨리스는 깜짝 놀라기는 했지만 그 순간에 자신보다 기사가
더 걱정이 되어서 기사가 말에 다시 오르는 모습을 다소 불안하
게 지켜보았다. 기사가 안장에 편안하게 앉자마자 다시 한 번
"넌 내 포……." 하고 말하는데, 바로 그때 "어이! 어이! 체크!"
하는 다른 목소리가 끼어들어서 앨리스는 깜짝 놀라 새로운 적
을 찾아 고개를 돌렸다.

　이번에는 하얀 기사였다. 하얀 기사는 앨리스 옆으로 다가와
꼭 붉은 기사가 했던 것처럼 말에서 굴러떨어졌다. 그런 다음 다
시 말에 올라탔고 두 기사는 말에 앉아 한동안 아무 말 없이 서
로를 노려보았다. 앨리스는 대단히 어리둥절해서 붉은 기사를
봤다 하얀 기사를 봤다 했다.

　"이 아이는 내 포로야!"

　붉은 기사가 마침내 말했다.

　"그랬지. 하지만 그런 뒤 내가 와서 이 아이를 구했잖아!"

　하얀 기사가 대꾸했다.

　"그래, 그렇다면 이 아이를 놓고 결투를 벌여야겠군."

붉은 기사가 이렇게 말하며 투구를(투구는 안장에 달려 있었는데 말 머리 모양이었다.) 집어 들어 머리에 썼다.

"결투의 규칙은 물론 잘 알고 있겠지?"

하얀 기사도 투구를 쓰면서 말했다.

"물론이지."

두 기사가 굉장히 맹렬한 기세로 서로에게 공격을 퍼붓기 시

작하자 앨리스는 싸움에 방해가 되지 않으려고 나무 뒤로 숨었다.

"결투의 규칙이 뭘까?"

앨리스는 나무 뒤에 숨어서 소심하게 슬쩍 싸움을 훔쳐보며 혼자 중얼거렸다.

"규칙 하나는 '한 기사가 상대 기사를 맞히면 맞은 상대 기사가 말에서 떨어지고, 빗맞히면 공격한 자신이 떨어진다.'인 것 같아. 또 다른 규칙은 꼭 펀치와 주디(*영국의 익살스러운 인형극의 주인공.)처럼 '곤봉을 껴안는다.'인 것 같아. 말에서 떨어질 때 나는 소리가 정말 크네! 꼭 난로용 철물이 통째로 우르르 난로망에 떨어지는 소리 같아! 그런데 말들은 어쩜 저렇게 얌전할까! 말들은 꼭 탁자인 것처럼 기사들이 탔다 내렸다 해도 꿈쩍도 않잖아!"

앨리스가 알아차리지 못한 또 다른 전투의 규칙은 '떨어질 때는 늘 머리부터 떨어진다.'인 것 같았다. 두 기사가 이런 식으로 나란히 떨어지면서 그 결투는 끝이 났다. 두 기사는 다시 일어나서 악수를 했고 그런 뒤 붉은 기사는 말을 타고 떠나가 버렸다.

"영광스러운 승리였어. 그렇지 않니?"

하얀 기사가 숨을 헐떡거리며 다가와서 말했다.

"글쎄요."

앨리스가 어정쩡하게 대답했다.

"난 누구의 포로도 되고 싶지 않아요. 난 여왕이 되고 싶어요."

"다음 개울을 건너면 그렇게 될 거야. 내가 너를 숲의 끝까지 안전하게 바래다주마. 그런 다음 난 돌아와야 해. 난 거기까지밖에 못 움직이거든."

하얀 기사가 말했다.

"정말 고마워요. 제가 투구 벗는 것 도와드릴까요?"

그건 분명히 하얀 기사 혼자서 해낼 수 없는 일 같았다. 앨리스는 하얀 기사를 마구 흔들어서 마침내 투구를 간신히 벗겨 냈다.

"이제 숨을 좀 더 편하게 쉬겠군."

하얀 기사가 두 손으로 덥수룩한 머리카락을 쓸어 넘기고 온화한 얼굴을 돌려 커다랗고 부드러운 눈으로 앨리스를 보며 말했다. 앨리스는 이렇게 이상한 행색의 군인은 평생 처음 보는 것같았다.

하얀 기사는 양철 갑옷을 입고 있었는데 몸에 전혀 맞지 않는것 같았다. 어깨에는 소나무 널빤지로 만든 기묘한 모양의 작은상자를 뚜껑이 열린 채로 거꾸로 메고 있었다. 앨리스는 잔뜩 호기심이 일어 그 상자를 바라보았다.

"내 작은 상자가 맘에 든 모양이로구나. 이건 내가 직접 발명한 거야. 안에 옷과 샌드위치를 넣고 다니려고 말이지. 너도 보다시피 난 이 상자를 거꾸로 메고 다녀. 빗물이 들어오지 않도록말이야."

기사가 친절하게 설명했다.

"하지만 안에 든 물건들이 다 쏟아지잖아요. 뚜껑이 열린 줄은 아세요?"

앨리스가 상냥하게 말했다.

"그런 줄 몰랐어."

하얀 기사의 얼굴에 속상한 기색이 드리웠다.

"그럼 안에 든 물건이 다 쏟아졌겠구나! 안에 든 물건이 없다면 상자는 아무 소용없지."

하얀 기사는 이렇게 말하면서 상자를 어깨에서 풀어 수풀 속에 던지려다가 갑자기 무슨 생각이 떠올랐는지 나무에 조심스레 걸어 놓았다.

"내가 왜 이러는지 알겠니?"

기사가 앨리스에게 물었다. 앨리스는 고개를 저었다.

"벌이 이 상자에다 벌집을 지었으면 해서. 그러면 꿀을 얻을 수 있을 테니까."

"하지만 기사님은 벌집을, 아니 벌집 비슷한 것을 이미 가지고 계시잖아요. 안장에 매달아 놓았잖아요."

"그래, 이건 아주 좋은 벌집이지. 최고의 벌집이야. 하지만 벌이 아직 단 한 마리도 이 벌집 가까이 오지 않았어. 그리고 그 옆에 있는 건 쥐덫이란다. 아마 쥐 때문에 벌이 오지 않나 봐. 아니면 벌 때문에 쥐가 오지 않든가. 어느 쪽인지는 나도 잘 모르겠어."

163

하얀 기사가 불만스런 투로 말했다.

"쥐덫은 뭣 때문에 필요한 거예요? 말 등에는 쥐가 올라오지 않을 것 같은데 말이에요."

"그래, 아마 그렇겠지. 하지만 만에 하나, 쥐가 말 등에 올라온다면 쥐들이 말 등에서 이리저리 뛰어다니게 할 순 없잖아."

하얀 기사는 잠시 말을 멈추었다가 다시 이어 갔다.

"너도 알다시피 매사에 철저히 대비를 해 두는 게 좋단다. 이말의 발목 주위에 뾰족한 발목 장식을 채워 놓은 것도 바로 그런 이유에서지."

"하지만 발목 장식을 뭣 때문에 채워 놓은 건데요?"

앨리스가 호기심 가득한 목소리로 물었다.

"상어한테 물리지 않도록 보호하기 위해서지. 이건 내가 직접 발명한 거야. 이제 내가 말에 올라타는 걸 도와주렴. 숲 끝까지 너를 바래다주마. 그런데 저 접시는 뭐에 쓰는 거야?"

"건포도 케이크를 담았던 접시예요."

"그것도 가져가는 게 좋겠구나. 건포도 케이크를 발견하면 쓸모가 있을 테니까. 접시를 자루에 넣는 걸 도와주겠니?"

앨리스가 자루를 벌려 아주 조심스레 잡고 있었지만 접시를 자루에 넣는 데는 시간이 한참 걸렸다. 기사가 접시를 넣는 게 너무 서툴렀기 때문인데, 처음 두세 번은 접시 대신 자신이 자루에 쏙 들어가기까지 했다.

"자루가 꽉 찼군. 촛대가 아주 많이 들어 있어서 그래."

마침내 기사가 접시를 집어넣고 말했다. 그러고는 자루를 안장에 매달았는데, 안장에는 이미 당근 다발과 난로용 철물을 비롯한 온갖 물건들이 주렁주렁 매달려 있었다.

"머리는 단단히 묶었겠지?"

출발하면서 기사가 물었다.

"늘 하던 대로 했는걸요."

앨리스는 미소 지으며 대답했다.

"그걸로는 충분하지 않아. 여기는 바람이 굉장히 세거든. 수프 맛만큼이나 세지."

기사가 걱정스레 말했다.

"머리카락이 날리지 않게 하는 방법은 발명하신 적 없으세요?"

"아직은 없어. 하지만 머리카락이 흘러내리지 않게 하는 방법은 발명했지."

"어떤 발명인지 성말 듣고 싶어요."

"먼저 곧은 막대기를 하나 집어 들어. 그런 다음 머리카락이 그 막대기를 타고 올라가게 하는 거야. 과일나무처럼 말이지. 머리카락이 흘러내리는 이유는 '아래로' 매달려 있기 때문이지. 너도 알다시피 '위로' 흘러내리는 물건은 절대 없잖아. 그게 내가 직접 발명해 낸 방법이야. 괜찮으면 너도 한번 해 봐."

앨리스는 별로 편한 방법 같지는 않다고 생각했지만 잠시 동안 그 방법에 대해 골똘히 생각하며 말없이 계속 걸어갔다. 그러

다가 이따금씩 말 타는 실력이 신통찮은 게 분명한 가엾은 기사
를 돕기 위해 멈추곤 했다.

　말이 멈춰 설 때마다(말은 아주 자주 멈춰 섰다.) 기사는 앞으
로 꼬꾸라졌고, 말이 다시 걷기 시작할 때마다(말은 대개 갑자기
걷기 시작했다.) 뒤로 나동그라졌다. 그렇지 않을 때는 기사가
제법 말을 잘 타고 갔지만 가끔씩 옆으로 떨어지는 버릇이 있었

다. 기사가 옆으로 떨어질 때는 대개 앨리스가 걸어가고 있는 쪽으로 떨어졌으므로 앨리스는 이내 말에 너무 바짝 붙어서 걷지 않는 것이 최선책이라고 깨닫게 되었다.

"말 타는 연습을 별로 하지 않으셨나 봐요."

앨리스는 다섯 번째 굴러떨어진 기사를 부축해 일으키면서 용기를 내어 말했다. 기사는 그 말에 대단히 놀라면서도 약간 기분이 상한 표정이었다.

"왜 그런 말을 하지?"

반대편으로 떨어지지 않기 위해 한 손으로 앨리스의 머리카락을 꼭 붙잡고 안장에 기어오르며 기사가 물었다.

"왜냐하면 연습을 많이 한 사람들은 그렇게 자주 떨어지지 않으니까요."

"난 연습을 많이 했어. 정말 많이 했다고!"

기사가 아주 엄숙하게 말했다.

"정말요?"

앨리스는 달리 할 말이 생각나지 않았지만 최대한 진심을 담아 대답했다. 그런 뒤 두 사람은 한동안 말없이 계속 길을 가는데, 기사는 눈을 감고 혼잣말을 중얼거렸고 앨리스는 기사가 또 넘어질까 봐 걱정스럽게 지켜보았다.

"말을 탈 때 중요한 기술은……."

기사가 오른팔을 흔들며 커다란 목소리로 불쑥 말을 꺼냈다.

"바로……."

이렇게 말하다가 말을 꺼낸 것만큼이나 뚝 끊겼는데, 기사가 정확히 앨리스가 걸어가고 있는 길 쪽으로 거꾸로 떨어지며 머리를 쿵 하고 박았기 때문이다. 이번에는 앨리스가 소스라치게 놀라서 기사를 부축해 일으켜 세우며 걱정스런 목소리로 물었다.

"뼈가 부러진 건 아니겠죠?"

"그렇게 수선 피울 일이 아니야."

기사가 뼈 두세 개쯤은 부러져도 아무렇지 않다는 듯이 말했다.

"내가 말하고 있었듯 말을 탈 때 중요한 기술은 바로 균형을 잘 잡는 거야. 이렇게……."

기사는 앨리스에게 무슨 말인지 직접 보여 주려고 고삐를 놓고 양팔을 쫙 펼쳤는데, 이번에는 뒤로 벌러덩 넘어져 말의 발굽 앞에 떨어졌다.

"연습을 많이 했다고! 정말 엄청나게 많이!"

기사는 앨리스의 부축을 받아 일어나는 동안 내내 계속 그 말만 되풀이했다.

"진짜 우스꽝스럽게 이게 뭐예요! 차라리 바퀴 달린 목마를 타세요. 맞아요, 그게 나아요!"

이번에는 앨리스가 더 이상 참지 못하고 소리쳤다.

"그건 매끄럽게 잘 나가니?"

기사가 대단히 흥미로운 목소리로 물으며 말의 목을 꽉 껴안아 이번에는 가까스로 또 떨어지지 않았다.

"살아 있는 말보다 훨씬 더 매끄럽게 잘 나가죠."

앨리스는 터져 나오려는 웃음을 참으려 했지만 그러지 못해 조그맣게 킥킥거리며 말했다.

"하나 구해야겠군. 하나나 둘, 아니 여러 마리가 좋겠어."

기사가 생각에 잠겨 혼자 중얼거렸다. 그런 뒤 잠깐 침묵이 흐른 다음 다시 하얀 기사가 계속 말했다.

"난 발명을 아주 잘해. 네가 나를 마지막으로 부축해서 일으켜 세워 줄 때 내가 생각에 잠겨 있는 것 알아챘겠지?"

"조금 심각해 보이셨어요."

"그래, 그때 나는 문을 넘어가는 새로운 방법을 발명하고 있었지. 듣고 싶니?"

"굉장히 듣고 싶어요."

앨리스가 공손하게 대답했다.

"내가 어떻게 그 생각을 하게 됐는지 말해 주마. 난 혼잣말을 했지. '유일한 문제는 발에 있어. 머리는 이미 충분히 높이 있으니까.' 하고. 자, 먼저 문 꼭대기에 머리를 갖다 대는 거야. 머리는 충분히 높으니까. 그런 다음 물구나무를 서는 거야. 그러면 발도 충분히 높은 곳에 있게 될 거야. 그럼 그때 문을 넘어가면 되는 거야."

"예. 그렇게 하면 문을 넘어갈 수 있겠네요. 하지만 그렇게 하기가 상당히 어려울 것 같지 않아요?"

앨리스가 생각에 잠겨 말했다.

"아직 시험해 보진 않아서 뭐라 정확히 말할 순 없어. 하지만 조금 어려울 것 같긴 하구나."

하얀 기사가 근심스러운 표정으로 말했다. 그리고 그 생각에 무척 속이 타는 것 같아 보여서 앨리스는 얼른 화제를 바꿔 쾌활하게 말했다.

"정말 신기한 투구네요! 이것도 기사님이 직접 발명하신 거예요?"

하얀 기사는 안장에 매달려 있는 자신의 투구를 자랑스럽게 내려다보았다.

"그래. 하지만 난 이 투구보다 더 좋은 투구도 발명했었지. 원뿔꼴 모자 같이 생긴 투구였어. 내가 그 투구를 썼을 때 말에서 떨어지면 늘 투구부터 먼저 땅에 닿곤 했어. 그래서 난 떨어질 때 땅에 닿는 거리를 줄일 수 있었지. 하지만 투구 속으로 떨어질 위험이 있었어. 실제로 딱 한 번 그런 일이 있었는데, 제일 곤란했던 점은 내가 투구에서 다시 빠져나오기 전에 다른 하얀 기사가 와서 그걸 써 버린 거야. 그게 자기 투구인 줄 알고."

하얀 기사가 너무나 진지해 보여서 앨리스는 감히 소리 내어 웃을 수 없었다.

"다른 기사가 다쳤겠어요. 기사님이 그 기사 머리 위에 올라가 있었으니까요."

앨리스가 웃음을 참느라 떨리는 목소리로 말했다.

"물론 난 그 기사를 걷어차야 했지. 그러자 그 기사가 투구를 벗었어. 하지만 나를 투구에서 빼내는 데는 몇 시간이 걸렸지. 너도 알다시피 내가 아주 빨랐거든, 번개처럼."

하얀 기사가 아주 진지하게 말했다.

"그럴 땐 '빨랐거든'이 아니라 '꽉 끼어 있었거든'이라고 하셔야죠.(* 'fast'는 '빠른'이란 뜻도 있지만 '꽉 끼인'이란 뜻도 있다.)"

앨리스가 반박했다. 하얀 기사는 고개를 저었다.

"꽉 끼어 있었어도 난 정말로 빨랐다니까, 정말이야!"

하얀 기사는 이렇게 말하며 대단히 흥분해서 두 손을 번쩍 들었고 그 바람에 곧바로 안장에서 굴러떨어져 깊은 도랑에 곤두박질치고 말았다.

앨리스는 하얀 기사를 구하러 도랑 옆으로 달려갔다. 한동안은 기사가 말을 아주 잘 타고 가고 있었는데 갑자기 떨어지는 바람에 이번에는 기사가 정말로 다치지 않았을까 걱정스러웠다. 하지만 앨리스는 하얀 기사의 신발 바닥밖에 보지 못했지만 하얀 기사가 평소와 다름없이 말하는 소리를 듣고는 크게 안도했다.

"꽉 끼어 있었어도 난 정말 빨랐다니까."

하얀 기사는 같은 말을 되풀이했다.

"하지만 남의 투구를 쓰다니, 그것도 안에 사람까지 들어 있는 채로 투구를 쓰다니 그자가 부주의했어."

하얀 기사가 말했다.

"머리를 거꾸로 박고서 어떻게 그렇게 침착하게 말을 계속하실 수 있으세요?"

앨리스는 하얀 기사의 발을 잡아서 끌어내 도랑 기슭의 풀밭에 눕혀 놓고는 물었다. 하얀 기사는 그 질문에 놀란 듯했다.

"몸이 어디에 있건 그게 무슨 상관이야? 생각은 똑같이 계속되는데. 사실 난 머리가 거꾸로 있을수록 새로운 것들을 더 많이 발명해. 내가 이제껏 했던 발명 가운데 가장 기발했던 건……."

하얀 기사는 잠시 말을 멈췄다가 다시 이어 나갔다.

"고기 요리를 먹는 동안 새 푸딩을 발명해 낸 것이었어."

"그 푸딩이 고기 요리 다음에 제때 요리되어 나왔나요? 그렇다면 진짜로 빨리 나온 거겠어요!"

"아니, 다음 요리는 아니었어. 그래, 확실히 다음 요리는 아니었어."

하얀 기사가 생각에 잠겨 느릿하게 말했다.

"그렇다면 다음날 요리였겠군요. 저녁 식사에 푸딩이 두 번 나오지는 않았을 테니까요."

"아니, 다음날도 아냐. 다음날도 아니었어."

하얀 기사가 전처럼 되풀이해서 말했다.

"사실은……."

하얀 기사가 고개를 떨구었고 말하는 목소리는 점점 더 작아졌다.

"그 푸딩은 요리된 적이 없어! 사실 난 그 푸딩이 요리될 거라고 생각하지 않았어! 그래도 그 푸딩은 아주 기발한 발명이었어."

"무엇으로 푸딩을 만드실 생각이셨어요?"

가엾은 하얀 기사가 몹시 풀이 죽은 것 같아 앨리스는 기운을 북돋워 주고 싶어서 물었다.

"먼저 압지(*잉크나 먹물 따위로 쓴 것이 번지거나 묻어나지 않도록 위에서 눌러 물기를 빨아들이는 종이.)가 들어가."

하얀 기사가 끙끙거리며 대답했다.

"그다지 맛있을 것 같지 않……."

앨리스가 이렇게 말하는데 하얀 기사가 말을 자르고 끼어들어 열을 내며 말했다.

"그것만 들어가면 맛있지 않겠지. 하지만 그걸 화약이나 봉랍

같은 것들과 섞으면 얼마나 맛이 달라지는지 넌 짐작도 못할 거야. 난 이제 그만 여기에서 너와 헤어져야 해."

그들은 어느새 숲의 끝자락에 이르러 있었다. 계속 푸딩 생각만 하고 있었던 앨리스는 어리둥절한 표정을 지었다.

"슬픈 모양이구나. 널 위로하기 위해 노래를 한 곡 불러 주마."

하얀 기사가 걱정스러운 목소리로 말했다.

"많이 길어요?"

앨리스는 그날 시를 많이 들었기 때문에 그렇게 물었다.

"길어. 하지만 아주, 정말이지 아주 아름다운 노래란다. 내가 이 노래를 부르는 것을 들은 사람들은 누구나…… 눈물을 흘리든지 아니면……."

"아니면 뭐요?"

갑자기 하얀 기사가 말을 멈췄기 때문에 앨리스가 물었다.

"아니면 흘리지 않지. 그 노래의 제목은 〈대구의 눈〉이라고 불려."

"아, 그게 노래 제목인가 보군요?"

앨리스가 관심을 가지려고 애쓰며 물었다.

"아니, 넌 이해를 못했구나. 제목이 그렇게 '불린다'는 말이고 진짜 제목은 〈늙디늙은 사람〉이야."

하얀 기사가 살짝 짜증 난 표정으로 말했다.

"그렇다면 제가 '그게 그 노래를 부르는 말인가요?'라고 물었어야 했군요?"

앨리스는 자신의 잘못을 지적했다.

"아니, 그렇지 않아. 그건 전혀 다른 거야! 그 노래는 〈방법과 방식〉이라고 불려. 하지만 그건 단지 그걸 부르는 말일 뿐이야!"

"음, 그렇다면 그 노래는 대체 뭔가요?"

앨리스는 이제 완전히 어리둥절해져서 물었다.

"지금 막 말하려던 참이었어. 그 노래는 〈문 위에 앉아〉야. 가락은 내가 직접 발명한 거야."

하얀 기사는 그렇게 말하면서 말을 멈춰 세우고 고삐를 말의 목에 걸쳐 놓았다. 그런 다음 한 손으로 천천히 박자를 맞추며 마치 자기 노래의 선율을 즐기는 것처럼 온화한 바보 같은 얼굴이 되어 희미한 미소를 밝게 드리운 채 노래하기 시작했다.

앨리스는 거울 나라를 여행하면서 본 아주 이상한 일들 가운데서도 이 순간만큼은 언제나 아주 또렷이 기억이 났다. 그로부터 여러 해가 지난 뒤에도 앨리스는 마치 어제 일어난 일처럼 이 순간의 모든 장면을 생생히 떠올릴 수 있었다. 하얀 기사의 온화한 푸른 눈과 다정한 미소, 그의 머리카락 사이로 어슴푸레 빛나던 석양과 그 빛을 받아 눈부시게 빛나던 갑옷, 고삐를 목에 느슨하게 늘어뜨린 채 조용히 주위를 돌아다니며 앨리스 발치의 풀을 뜯어 먹던 말, 뒤쪽 숲의 검은 그림자……. 이 모든 것이 앨리스에게는 한 폭의 그림처럼 여겨졌다. 앨리스는 나무에 몸을 기댄 채 한 손을 올려 눈으로 쏟아지는 햇빛을 가리고 그 이

175

상한 한 쌍의 기사와 말을 지켜보며 꿈결인 듯 그 노래의 우울한 선율에 귀를 기울였다.

"하지만 이 가락은 하얀 기사가 직접 발명한 게 아냐. 〈나 그대에게 모두 주어서 더는 줄 수 없어요〉라는 노래의 가락이야."

앨리스는 혼자 중얼거리며 일어나서 아주 열심히 귀를 기울였지만 눈물은 한 방울도 나오지 않았다.

나 그대에게 모두 말하리.

할 말은 거의 없지만.

난 문 위에 앉아 있는

늙디늙은 사람을 보았지.

"노인장은 누구세요? 어떻게 사세요?"

내가 물었지.

노인의 대답은 내 머리에서 줄줄 새어 나갔지.

체 사이로 빠져나가는 물처럼.

노인이 말하기를

"나는 밀밭에서 자고 있는 나비를 찾고 있다네.

나비를 양고기 파이에 넣어

길거리에서 팔거든.

폭풍우 몰아치는 바다에서 항해하는

사람들에게도 팔아.

그렇게 해서 난 먹고산다네.

괜찮다면 조금 사 주겠나."

하지만 나는 계획을 궁리 중이었지.

구레나룻을 녹색으로 물들인 다음

남들이 못 보게 늘 커다란 부채로

구레나룻을 가리고 다닐 계획을.

그래서 나는 노인이 한 말에는

아무런 대답도 않고

"이봐요, 노인장, 어떻게 사시는지 물었잖아요!"라고 외치며

노인의 머리를 탁 쳤지.

노인은 온화한 목소리로 이야기를 이어 갔지.

"나는 길을 가다가

산속 실개천을 발견하면

나무껍질로 흰 표시를 해 두지.

그러면 그걸로 사람들이 머릿기름을 만들지.

하지만 사람들이 내게 주는 수고비는

2펜스 반이 다야."

하지만 나는 방법을 궁리 중이었지.

밀가루 반죽을

매일같이 먹어

조금 더 살찔 방법을.

나는 노인을 잡고 마구 흔들었지.

노인의 얼굴이 새파래질 때까지.

"이봐요, 노인장, 어떻게 사냐고 묻잖아요!

도대체 무슨 일을 하냐고요!" 하고 소리 질렀지.

노인이 말하길, "난 눈부신 히스 꽃 사이에서

대구 눈깔을 사냥한다네.

그리고 고요한 밤에

그걸로 조끼 단추를 만들지.

그런 뒤 그것들을 팔면

금도, 반짝이는 은화도 아닌

반 페니짜리 동전을 받지.

그걸로는 조끼 단추 아홉 개를 살 수 있지."

"난 때로는 버터 바른 롤빵을 찾으려고 땅을 파거나

게를 잡으려고 끈끈이를 칠한 나뭇가지를 덫으로 놓지.

난 때로는 이륜마차의 바퀴를 찾으려고

풀이 우거진 언덕을 뒤지고 다니지.

난 이런 방식으로(노인이 윙크를 했지.)

돈을 벌어.

그리고 내 아주 기꺼이

자네의 고귀한 건강을 위해 건배하겠네."

그때서야 노인의 말이 내 귀에 들어왔지.

메나이 철교를 포도주에 넣고 끓여

녹이 슬지 않게 하는 방법을

완벽하게 생각해 낸 뒤였기에,

나는 노인에게 돈을 어떻게 버는지 말해 줘서

대단히 감사하다고 인사했지.

하지만 나의 고귀한 건강을 위해

건배를 해 준 것에 대해 더 많이 감사했지.

그리고 이제, 어쩌다가

접착제 안에 손가락을 집어넣거나

왼쪽 신발에 오른쪽 발을

마구 밀어 넣거나

아니면 내 발가락에

아주 무거운 물건을 떨어뜨리면

나는 눈물을 흘린다네. 내가 한때 알았던

그 노인 생각이 많이 나서······.

표정이 온화하고 말이 느리며

머리카락은 눈보다 더 새하얗고

얼굴은 꼭 까마귀 같고

눈은 뜬숯처럼 환히 빛나고

비애에 젖어 마음이 산란한 듯하고

몸을 앞뒤로 흔들면서

마치 입속에 반죽이 가득 든 것처럼

낮게 웅얼거리고

들소처럼 콧김을 내뿜으며

오래전 그 여름날 저녁

문 위에 앉아 있던 그때 그 노인이.

하얀 기사는 노래의 마지막 소절을 부르면서 고삐를 잡고 그들이 왔던 길로 말 머리를 돌렸다.

"넌 이제 몇 미터만 더 가면 된단다. 언덕을 내려가서 작은 개울을 건너면 넌 여왕이 될 거야. 하지만 가기 전에 먼저 여기에 잠깐 남아서 날 배웅해 주지 않을래?"

앨리스가 열의에 찬 표정으로 하얀 기사가 가리킨 방향으로 돌아서자 하얀 기사가 덧붙였다.

"오래 걸리지는 않을 거야. 잠깐만 기다리다가 내가 저 길모퉁이에 이르면 손수건을 흔들어 주겠니? 그러면 기운이 날 것 같아서 말이야."

"당연히 그래야죠. 그리고 여기까지 바래다주셔서 정말 감사해요. 그리고 노래도요. 전 정말 그 노래가 맘에 들었어요."

"그랬기를 바란다만 넌 내 생각만큼 그렇게 많이 울지는 않더구나."

하얀 기사가 의심스럽다는 듯이 말했다.

그렇게 기사는 앨리스와 악수를 한 다음 숲 속으로 천천히 말을 타고 갔다. 앨리스는 하얀 기사를 지켜보며 혼자 중얼거렸다.

"하얀 기사를 배웅하는 데 그리 오래 걸리지 않을 거야. 저런! 또 머리부터 떨어지잖아! 하지만 이번엔 아주 쉽게 말에 다시 오르네. 말 주위에 매달아 놓은 게 저리 많아서야……."

앨리스는 그렇게 계속 혼잣말을 하며 길을 따라 느긋하게 걸어가는 말과, 처음에는 이쪽 옆으로 또 그 다음엔 저쪽 옆으로 번갈아 가며 말에서 떨어지는 하얀 기사를 지켜보았다. 기사는 네다섯 번 말에서 떨어진 뒤에야 길모퉁이에 이르렀고 그러자 앨리스는 기사에게 손수건을 흔들며 기사가 보이지 않을 때까지 기다렸다.

"내가 이렇게 해서 하얀 기사가 기운이 났으면 좋겠는데."

앨리스가 돌아서서 언덕을 달려 내려가며 말했다.

"자, 이제 마지막 개울만 건너면 여왕이 되는 거야! 여왕이 되다니 정말 좋아!"

앨리스는 몇 걸음 만에 개울가에 이르렀다.

"드디어 여덟째 칸이야!"

앨리스는 이렇게 외치며 개울을 폴짝 뛰어넘었다.

※　　※　　※　　※　　※

그러고는 앨리스가 잠시 쉬려고 이끼처럼 부드러운 잔디밭으로 몸을 내던졌다. 잔디밭 여기저기에는 작은 꽃밭들이 점점이 펼쳐져 있었다.

"아, 여기 오게 돼서 정말 기뻐! 그런데 머리 위에 이건 뭐지?"

앨리스는 머리에 딱 맞게 끼워진 아주 무거운 뭔가에 손을 뻗으며 깜짝 놀라 외쳤다.

"그런데 어떻게 나도 모르는 사이에 이게 내 머리에 씌워져 있는 거지?"

앨리스는 혼잣말을 하며 그것을 머리에서 내려 무릎에 올려놓고 무엇인지 확인했다.

그것은 황금 왕관이었다.

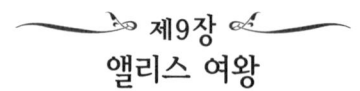

제9장
앨리스 여왕

"와아, 진짜 멋져! 내가 이렇게 빨리 여왕이 될 줄은 정말 몰랐어. 폐하, 여왕은 어떻게 행동해야 하는지 아뢰겠나이다."

앨리스가 엄숙한 목소리로 말을 계속 이었다.(앨리스는 늘 자기 자신을 꾸짖는 것을 무척 좋아했다.)

"잔디밭에 그렇게 축 늘어져 빈둥거리고 계시면 절대 아니 되옵니다! 폐하도 아시다시피 여왕이라면 위엄을 갖추셔야 하옵니다."

그래서 앨리스는 일어나서 주위를 걸어다녔다. 왕관이 떨어질까 봐 처음에는 자세가 꽤 뻣뻣했지만 아무도 자기를 보는 사람이 없단 생각에 마음을 놓고 다시 잔디밭에 앉으며 혼잣말을 했다.

"만약 내가 정말로 여왕이라면 조만간 여왕 노릇을 잘할 수 있게 되겠지."

이제껏 일어나는 일마다 모두 이상했던 탓에 앨리스는 붉은 여왕과 하얀 여왕이 자신의 양옆에 바싹 붙어 앉아 있는 것을 발견하고도 전혀 놀라지 않았다. 앨리스는 여왕들에게 여기에 어떻게 왔는지 몹시 물어보고 싶었지만 예의 바른 행동이 아닌 것 같아 그만두었다. 하지만 게임이  끝났는지 물어보는 것은 실례가 되지 않을 것 같았다.

"저, 실례지만……."

앨리스는 붉은 여왕을 조심스레 바라보며 말을 걸었다.

"누가 네게 말을 걸어오면 그때 말을 해!"

붉은 여왕이 앨리스의 말을 날카롭게 잘랐다.

"하지만 모두가 그 규칙에 따라서 누가 말을 걸어올 때만 말을 한다면 그래서 상대방이 늘 자신에게 말을 걸기를 기다려야 한다면, 누구도 절대 아무 말도 하지 못할 테니까, 그러면……."

언제나 가벼운 논쟁을 벌일 준비가 되어 있는 앨리스가 말했다.

"바보 같으니!"

붉은 여왕이 소리쳤다.

"얘, 모르겠니……."

붉은 여왕은 여기까지 말하고는 눈살을 찌푸리며 말을 멈추고 잠시 생각하더니 갑자기 대화 주제를 바꿨다.

"그런데 '만약 내가 정말로 여왕이라면'이라니 그게 무슨 뜻이지? 무슨 권리로 너 자신을 그렇게 부르는 거야? 적절한 시험을 통과하기 전에는 넌 여왕이 될 수 없어. 그리고 시험은 더 빨리 시작할수록 좋지."

"저는 '만약'이라고 했을 뿐인걸요!"

가엾은 앨리스는 애처로운 목소리로 항변했다. 두 여왕이 서로 바라보더니 붉은 여왕이 살짝 몸을 떨며 말했다.

"얘는 '만약'이라고 했을 뿐이라는데……."

"하지만 얘는 그것보다 훨씬 더 많이 말했어! 그것보다 훨씬 더 많이 말했다고!"

하얀 여왕이 양손을 쥐어짜며 신음하듯 말했다.

"네가 그랬단 거, 너도 잘 알겠지. 항상 진실을 말해야 해. 말하기 전에 생각하고. 말한 뒤에는 했던 말을 꼭 기록해 두고."

붉은 여왕이 앨리스에게 말했다.

"저는 그런 뜻이 아니라……."

앨리스가 말을 시작하는데 붉은 여왕이 참지 못하고 끼어들었다.

"내가 불만인 게 바로 그거야! 그런 뜻이 아니라니? 아무 뜻도 없는 말을 하는 아이가 무슨 소용 있겠어? 하다못해 농담에도 뜻이 있어야 하거늘. 그런데 아이는 농담보다 더 중요하잖아. 네가 네 두 손으로 아무리 애를 써도 그걸 부인할 수 없을걸."

"전 제 두 손으로 부인하고 그러지 않아요."

앨리스가 반박했다.

"누가 네가 그랬다고 말했어? 네가 아무리 애를 써도 부인할 수 없을 거라고 말했지."

붉은 여왕이 말했다.

"애는 무언가를 부인하고 싶은 마음 상태인데 다만 무엇을 부인할지 모르는 거야!"

하얀 여왕이 말했다.

"성질 한번 더럽고 고약하군."

붉은 어왕이 말했다. 그런 뒤 잠시 어색한 침묵이 흘렀다. 붉은 여왕이 침묵을 깨고 하얀 여왕에게 말했다.

"오늘 오후 앨리스가 여는 연회에 당신을 초대할게."

"그럼 난 당신을 초대하지."

하얀 여왕이 희미하게 미소 지으며 말했다.

"전 제가 연회를 열기로 되어 있는 줄 전혀 몰랐는데요. 하지만 연회를 여는 사람이 저라면 '제가' 직접 손님을 초대해야 하는 것 아니에요?"

앨리스가 말했다.

"우린 너에게 그렇게 할 기회를 줬어. 넌 아직 예절 수업을 별로 받지 못한 것 같군."

붉은 여왕이 말했다.

"예절은 수업 시간에 배우는 게 아니에요. 수업 시간에는 계산 같은 걸 배우죠."

"그럼 덧셈을 할 줄 아니? 1 더하기 1 더하기 1 더하기 1 더하기 1 더하기 1 더하기 1 더하기 1 더하기 1은 뭐야?"

하얀 여왕이 물었다.

"모르겠어요. 세다가 1이 몇 개인지 잊어버렸어요."

"얜 덧셈을 못하는군. 뺄셈은 할 줄 알아? 8에서 9를 빼면 얼마야?"

붉은 여왕이 끼어들었다.

"8에서 9를 뺄 줄은 몰라요. 하지만⋯⋯."

앨리스가 곧바로 대답했다.

"뺄셈도 할 줄 모르네. 나눗셈은 할 줄 알아? 칼로 빵 한 덩이를 나누면 답이 뭐지?"

하얀 여왕이 물었다.

"그건⋯⋯."

앨리스가 말하려는데 붉은 여왕이 대신 대답했다.

"물론 버터 바른 빵이지. 다른 뺄셈 문제를 풀어 봐. 개에게서 뼈다귀를 뺏으면 뭐가 남지?"

앨리스는 곰곰이 생각했다.

"만약 제가 뼈다귀를 뺏으면 물론 뼈다귀는 남지 않겠죠. 음, 그리고 개도 거기 그대로 남지 않겠죠. 저를 물려고 쫓아올 테니까요. 그러면 결국엔 저도 남지 않겠어요!"

"그럼 넌 아무것도 남지 않는다고 생각하는구나?"

붉은 여왕이 말했다.

"제 생각엔 그게 답인 것 같아요."

"이번에도 또 틀렸어. 개의 성질이 남잖아."

붉은 여왕이 말했다.

"하지만 어떻게……."

"자, 잘 들어 봐! 그 개가 밖으로 성질을 드러내지 않겠어, 안 그래?"

붉은 여왕이 소리쳤다.

"아마도 그렇겠죠."

앨리스가 신중하게 대답했다.

"그럼 그 개가 가 버려도 밖에 드러낸 성질은 그대로 남잖아!"

붉은 여왕이 의기양양하게 외쳤다.

"개와 성질이 서로 다른 길로 갈 수도 있잖아요."

앨리스는 한껏 진지하게 대꾸했다. 하지만 속으로는 '무슨 이리 말도 안 되는 소리를 하고 있담!' 하고 생각하지 않을 수 없었다.

"얘는 계산을 전혀 못해!"

두 여왕이 힘주어 동시에 외쳤다.

"그럼 여왕님들은 계산을 할 줄 아세요?"

앨리스는 그렇게 많이 흠잡히는 게 싫어서 갑자기 하얀 여왕을 향해 물었다. 하얀 여왕은 숨을 헐떡이며 눈을 질끈 감고는 대답했다.

"난 덧셈은 할 줄 알아. 시간만 충분히 준다면 말이야. 하지만 난 뺄셈은 못하겠어, 아무리 해도 안 돼!"

"물론 ABC는 외울 줄 알겠지?"

붉은 여왕이 앨리스에게 물었다.

"당연히 알죠."

"나도 그래. 얘, 우리 앞으로 자주 같이 외우자. 그리고 이건 비밀인데, 난 짤막한 단어도 읽을 줄 알아! 정말 대단하지 않니? 하지만 너무 낙담하지는 마. 너도 조만간 그렇게 될 테니까.”

하얀 여왕이 속삭였다. 이때 붉은 여왕이 다시 입을 열었다.

“상식 문제는 답할 수 있니? 빵은 어떻게 만들지?”

“그쯤은 나도 알아요! 밀가루를 가지고…….”

앨리스가 신이 나서 소리쳤다.

“꽃가루? 꽃가루는 어디서 구하지? 꽃을 꺾어서? 꽃밭에서 꺾나 아니면 울타리에서 꺾나?”

하얀 여왕이 꼬치꼬치 캐물었다.

“아니, 그건 꺾는 게 아니에요. 그건 밀을 갈아…….”

앨리스가 설명하려 했다.

“갈아엎어? 꽃밭을? 그럼 꽃밭을 얼마나 갈아엎어야 하지? 그렇게 대충 얼렁뚱땅 넘어가면 안 돼.”

하얀 여왕이 말했다.

“얘의 머리에 부채질을 해 줘! 생각을 심하게 많이 해서 열이 날 거야.”

붉은 여왕이 걱정스럽게 끼어들었다.

그리하여 두 여왕은 나뭇잎 다발로 앨리스에게 부채질을 해 주기 시작했고, 머리카락이 심하게 흩날려서 헝클어지니 제발 그만둬 달라고 앨리스가 부탁할 때까지 부채질을 했다.

“이제 다시 괜찮아진 것 같군. 너 외국어는 좀 아니? ‘피들디 디’(*fiddle-de-dee’는 ‘허튼 소리’란 뜻.)가 프랑스 어로 뭐야?”

붉은 여왕이 물었다.

"'피들디디'는 영어가 아니에요."

앨리스가 진지하게 대답했다.

"누가 영어랬어?"

붉은 여왕이 쏘아붙였다. 앨리스는 이 곤란한 상황에서 빠져나갈 좋은 수가 떠올랐다.

"피들디디가 어느 나라 말인지 알려 주시면 제가 피들디디를 프랑스 어로 뭐라고 하는지 말해 드릴게요!"

앨리스가 의기양양하게 외쳤다. 하지만 붉은 여왕은 몸을 꼿꼿이 세우고 말했다.

"여왕은 절대 협상을 하지 않는 법이야."

'여왕은 절대 질문을 하지 않는 법이면 좋겠는데.'

앨리스가 속으로 생각했다.

"자자, 우리끼리 다투지 말자고."

하얀 여왕이 걱정스런 투로 말했다.

"그런데 번개를 일으키는 건 뭐지?"

하얀 여왕이 물었다.

"번개를 일으키는 건."

앨리스는 자기가 확실히 아는 문제 같았기 때문에 아주 자신 있게 나섰다.

"천둥이에요. 아니, 아니에요!"

앨리스는 서둘러 말을 고쳤다.

"그 반대예요."

"바로잡기엔 너무 늦었어. 뭔가를 한 번 말하고 나면 그걸로 끝이야. 결과에 대해 책임을 져야 해."

붉은 여왕이 말했다.

"그러니까 생각나는데……."

하얀 여왕이 아래를 내려다보며 신경질적으로 두 손을 쥐었다 폈다 하면서 말했다.

"지난 화요일에 무시무시한 천둥과 함께 폭풍우가 몰아쳤었어. 그러니까 지난주의 여러 화요일들 가운데 한 화요일에 말이야."

"우리 나라에서는 한 주에 요일은 하나씩 있는데요."

앨리스가 어리둥절해하며 말했다.

"정말 형편없는 방식이로군. 여기에서는 대개 낮이나 밤이 한 번에 두세 차례 이어지고 가끔 겨울에는 한꺼번에 밤이 다섯 차례 계속 이어질 때도 있어. 따뜻하게 지내기 위해서 말이지."

붉은 여왕이 말했다.

"그럼 다섯 밤이 한 밤보다 더 따뜻하단 말이에요?"

앨리스는 용기를 내어 물었다.

"물론 다섯 배는 더 따뜻하지."

"하지만 똑같은 규칙을 적용하면 다섯 배 더 춥지 않을까요?"

"맞아, 정말로 그래! 다섯 배 더 따뜻하고 다섯 배 더 춥지. 내가 너보다 다섯 배 더 부유하고 다섯 배 더 똑똑한 것처럼!"

붉은 여왕이 소리쳤다. 앨리스는 한숨을 푹 쉬며 포기했다.

'이건 꼭 답이 없는 수수께끼 같아!'

앨리스는 속으로 생각했다.

"험프티 덤프티도 그걸 봤어. 손에 타래송곳을 들고 문간에 와서는……."

하얀 여왕이 마치 혼잣말을 하듯 나지막한 목소리로 말했다.

"험프티 덤프티가 뭣 하러 왔는데?"

붉은 여왕이 물었다.

"그가 들어오겠다고 말했지. 하마를 찾고 있다며. 그런데 공교롭게도 그날 아침엔 집 안엔 그런 게 없었지."

하얀 여왕이 대답했다.

"보통 땐 있어요?"

앨리스가 깜짝 놀란 목소리로 물었다.

"그래, 목요일에만."

하얀 여왕이 대답했다.

"험프티 덤프티가 왜 왔는지 알겠어요. 물고기를 벌주고 싶어서 왔던 거예요. 왜냐하면……."

앨리스가 이렇게 말하는 중인데 하얀 여왕이 다시 말하기 시작했다.

"얼마나 무시무시한 번개를 동반한 폭풍우였는지 넌 상상도 못할걸!("얘가 절대 알 리가 없지." 붉은 여왕이 맞장구쳤다.) 지붕의 일부가 날아가 버리고 훨씬 더 많은 천둥이 몰려왔지. 천둥이 커다란 덩어리가 되어 방 안으로 굴러 들어오더니 탁자며 물건들을 쓰러뜨리는 거야. 어찌나 놀랐던지 내 이름도 생각나지 않더라니까!"

'나라면 그런 난리 통에 절대 내 이름을 생각해 내려 하지 않았을 거야! 그게 무슨 소용 있담?'

앨리스는 이렇게 생각했지만 가엾은 하얀 여왕의 기분을 상하게 할까 봐 소리 내어 말하지는 않았다.

"폐하가 하얀 여왕을 좀 너그럽게 봐줘."

붉은 여왕이 앨리스에게 말하며 하얀 여왕의 한 손을 감싸 쥐고 부드럽게 어루만졌다.

"하얀 여왕은 자기 딴엔 잘하려고 하는데도 그냥 저도 모르게 자꾸만 바보 같은 말을 하게 되나 봐."

붉은 여왕이 이렇게 말하자 하얀 여왕은 앨리스를 수줍게 바라보았고, 앨리스는 뭐라고 다정하게 한 마디 해 줘야 할 것 같았다. 하지만 정말이지 바로 그 순간에는 아무 말도 생각나지 않았다.

"하얀 여왕은 자랄 때 전혀 가정 교육을 받지 못했어. 그런데도 이렇게 마음씨가 곱다니 정말로 놀라워! 머리를 쓰다듬어 줘봐. 그럼 얼마나 좋아하는지 몰라!"

붉은 여왕이 말했다. 하지만 앨리스는 감히 그럴 용기가 나지 않았다.

"조금만 친절을 베풀어 주고…… 머리카락을 종이로 예쁘게 말아 주기만 해도…… 하얀 여왕에게는 기적과도 같은 효력을 발할 거야……."

하얀 여왕이 깊은 한숨을 푹 내쉬며 앨리스의 어깨에 머리를 기댔다.

"너무 졸려!"

하얀 여왕이 신음하듯 말했다.

"피곤한 모양이네, 가엾게도! 머리를 쓰다듬어 주고 네 수면 모자를 빌려 주고 마음을 달래는 자장가를 불러 줘."

붉은 여왕이 말했다.

"전 수면 모자가 없는데요. 아는 자장가도 없고요."

앨리스는 첫 번째 명령에 따르려고 애쓰며 말했다.

"그렇다면 자장가는 내가 직접 불러야겠군."

붉은 여왕이 말하고는 자장가를 부르기 시작했다.

잘 자라 우리 숙녀, 앨리스 무릎에서!
연회가 준비될 때까지 한숨 잘 시간이 있다네.
연회가 끝나면 우리는 무도회에 갈 거라네.
붉은 여왕, 하얀 여왕, 앨리스, 모두 다!

"이제 가사를 알 테니 나한테도 자장가를 불러 줘. 나도 졸려."

붉은 여왕이 앨리스의 다른 쪽 어깨에 머리를 기대며 말했다.

다음 순간 두 여왕은 곤히 잠들었고 크게 코를 골았다.

"이제 어떡하지?"

앨리스는 몹시 당황해서 이리저리 둘러보며 소리쳤다. 처음에는 한쪽 여왕의 둥근 머리가, 그다음엔 다른 쪽 여왕의 둥근 머리가 앨리스의 어깨에서 미끄러져 내려와 무릎에 무거운 덩어리처럼 얹힌 상태였다.

"잠든 두 여왕을 동시에 보살펴야 했던 사람은 이제껏 아무도 없었을 거야! 맞아, 영국 역사를 다 뒤져 봐도 없을 거야. 그럴 수가 없잖아. 한 번에 여왕이 한 명 넘게 있었던 적은 절대 없으니까 말이야. 일어나세요, 너무 무겁단 말이에요!"

앨리스가 조급한 목소리로 외쳤지만 돌아오는 대답이라곤 조

용히 코를 고는 소리뿐이었다.

코 고는 소리가 시시각각 뚜렷해지더니 점점 노랫가락처럼 들렸다. 마침내 노랫말까지 들려와서 아주 열심히 귀를 기울이다 보니 여왕들의 커다란 머리 둘이 갑자기 사라져 버렸는데도 알아차리지 못했다.

어느새 앨리스는 아치형 현관 앞에 서 있었다. 현관문 위에는 커다란 글씨로 '앨리스 여왕'이라고 쓰여 있었고, 아치 양쪽에는 초인종 손잡이가 하나씩 달려 있었는데 하나는 '손님용', 다른 하나는 '하인용'이라고 표시되어 있었다.

'노래가 끝날 때까지 기다렸다가 초인종을 울려야지. 그런데 어느 초인종을 울려야 하지?'

앨리스는 초인종을 그렇게 구분해 놓은 것 때문에 무척 당혹스러웠다.

'난 손님도 아니고 하인도 아냐. '여왕용'이라고 표시된 종이 있어야 하는데……'

바로 그때 문이 조금 열리더니 긴 부리를 가진 동물이 잠깐 머리를 내밀었다.

"다음다음 주까지 출입 금지입니다!"

그 동물은 그렇게 말하고는 다시 문을 쾅 닫아 버렸다. 앨리스가 오랫동안 문을 두드리고 초인종을 울렸지만 헛일이었다. 그런데 나무 아래에 앉아 있던 늙은 개구리가 마침내 일어나 천천히 절뚝거리며 앨리스 쪽으로 걸어왔다. 개구리는 샛노란 옷을 입고 큼지막한 반장화를 신고 있었다.

"무슨 일이야?"

개구리가 굵직한 쉰 목소리로 나직하게 말했다. 상대가 누구든 트집 잡을 만반의 태세를 갖춘 앨리스가 휙 돌아보며 대뜸 화를 냈다.

"문에서 대답하는 게 자기 일인 하인은 대체 어디 갔지?"

"어느 문?"

개구리가 물었다. 앨리스는 개구리의 느려 빠진 말투에 짜증이 나서 발을 동동 구를 뻔했다.

"물론 이 문이지!"

개구리는 커다랗고 흐리멍덩한 눈으로 잠시 문을 쳐다보았다. 그러더니 문 가까이로 다가가 꼭 페인트칠이 벗겨지는지 시험해 보는 것처럼 엄지손가락으로 문을 문질렀다. 그런 뒤 앨리스를 돌아보며 말했다.

"문에게 대답하다니? 문이 뭐라고 물었는데'?"

개구리가 너무 쉰 목소리로 말하는 탓에 앨리스는 개구리의 말을 거의 알아들을 수 없었다.

"무슨 말인지 모르겠어."

"내가 무슨 외국어로 말하는 것도 아닌데, 왜? 혹시 너 귀먹은 거 아냐? 문이 너한테 뭘 물었냐니까?"

"아무것도 안 물었어! 난 그냥 문을 두드렸을 뿐이야!"

앨리스가 참지 못하고 소리쳤다.

"그러면 안 돼……. 그러면 안 된다고……. 그럼 문이 화가 나잖아."

개구리가 중얼거렸다. 그러고는 문으로 다가가서 커다란 발로 문을 걸어찼다.

"문을 그냥 내버려 둬. 그러면 문도 너를 그냥 내버려 둘 거야."

개구리가 헐떡이며 말하고는 다시 나무를 향해 절뚝거리며 걸어갔다.

바로 그 순간 문이 휙 열리더니 날카로운 목소리로 노래하는 소리가 들렸다.

거울 나라 세계의 사람들에게 앨리스가 이렇게 말했지.
"나는 손에 홀을 들고 머리에는 왕관을 썼도다.
거울 나라 백성들은 누구든지 와서
붉은 여왕, 하얀 여왕 그리고 ㅏ와 함께 만산을 들라!"

그리고 수백 명의 목소리가 합창했다.

최대한 빨리 잔을 채워라.
단추와 밀기울을 탁자에 뿌려라.
커피에는 고양이를, 차에는 쥐를 넣어라.
그리고 서른 번 곱하기 세 번 만세를 부르며 앨리스 여왕을 환영하라!

그러고는 왁자지껄한 환호성이 뒤따랐다.

　　'서른 번 곱하기 세 번이면 아흔 번이잖아. 누가 그걸 세고 있을까?'

　　앨리스는 속으로 생각했다. 곧바로 주위가 다시 잠잠해지더니 또다시 그 날카로운 목소리가 다음 절을 불렀다.

> 앨리스가 말하네. "오, 거울 나라의 백성들이여, 이리 다가오너라!
> 내 모습을 보는 것은 영예로운 일이고,
> 내 목소리를 듣는 것은 은혜로운 일이니.
> 또한 붉은 여왕, 하얀 여왕 그리고 나와 함께
> 식사를 하고 차를 마시는 건 크나큰 특전이로다."

　　그러자 또다시 합창이 들렸다.

> 당밀과 잉크로 잔을 채워라.
> 아니면 마셔서 기분 좋은 그 어떤 것으로든 잔을 채워라.
> 사과술에는 모래를, 포도주에는 양털을 넣어 섞어라.
> 그리고 아흔 번 곱하기 아홉 번 만세를 부르며
> 앨리스 여왕을 환영하라!

　　"아흔 번 곱하기 아홉 번이라니!"

앨리스가 절망에 빠져 그 말을 따라했다.

"오, 저건 절대 끝나지 않을 거야! 그냥 당장 들어가는 게 낫겠어."

그렇게 말하며 안으로 들어갔는데, 앨리스가 들어서는 순간 그곳에 죽음과도 같은 정적이 흘렀다.

앨리스는 넓은 방 안을 걸어가며 초조하게 흘끗흘끗 식탁을 훑어보았다. 식탁에는 손님들이 쉰 명 정도 앉아 있었는데 종류가 그야말로 각양각색이었다. 들짐승도 있고 날짐승도 있고 심지어는 꽃도 몇 송이 같이 앉아 있었다.

'손님들이 나한테 초대받기를 기다리지 않고 그냥 와 줘서 다행이야. 난 어떤 손님을 초대해야 하는지 결코 몰랐을 테니까!'

앨리스는 속으로 생각했다.

식탁의 상석에 의자가 세 개 놓여 있었다. 붉은 여왕과 하얀 여왕은 이미 그 가운데 두 자리를 차지하고 있었고 가운데 자리가 비어 있었다. 앨리스는 침묵이 상당히 어색해서 누군가 먼저 말을 꺼냈으면 하고 간절히 바라며 가운데 자리에 앉았다.

마침내 붉은 여왕이 입을 열었다.

"수프와 생선 요리는 지나갔어. 여봐라, 고기 요리를 내오너라."

그러자 웨이터들이 앨리스 앞에 양고기의 다리 부위를 내놨다. 앨리스는 한 번도 뼈가 붙은 큰 고깃덩이를 잘라 나눠 줘 본 적이 없어서 아주 걱정스럽게 양 다리를 바라보았다.

"조금 수줍은 모양이구나. 내가 너를 저 양 다리에게 소개시켜 주도록 하마."

붉은 여왕이 말했다.

"앨리스, 이쪽은 양 다리야. 양 다리, 이쪽은 앨리스야."

그러자 양 다리가 접시에서 일어나 앨리스에게 살짝 허리를 굽혀 인사했다. 앨리스도 놀라야 할지 즐거워해야 할지 모른 채로 살짝 고개 숙여 답례했다.

"제가 한 조각 잘라 드릴까요?"

앨리스는 포크와 나이프를 들고 양쪽의 여왕을 번갈아 보며 물었다.

"절대로 그러면 안 돼."

붉은 여왕이 아주 단호하게 말했다.

"소개받은 상대를 자르는 건 예의가 아니야. 여봐라, 이 양 다리를 치워라!"

그러자 웨이터들이 양 다리를 가져가 버리고 대신 커다란 건포도 푸딩을 가져왔다.

"전 건포도 푸딩은 소

개받지 않을래요. 그러다간 식사는 아예 하지도 못하겠어요. 푸딩 좀 드릴까요?"

앨리스가 서둘러 말했다. 하지만 붉은 여왕은 뚱한 표정으로 딱딱거리며 말했다.

"푸딩, 이쪽은 앨리스. 앨리스, 이쪽은 푸딩이야. 여봐라, 푸딩을 치워라!"

그러자 웨이터들이 푸딩을 너무나도 빨리 치워 버려서 앨리스는 푸딩에게 답례 인사도 하지 못했다.

하지만 앨리스는 왜 붉은 여왕만 명령을 내리는지 이해할 수 없었다. 그래서 시험 삼아 "여봐라! 그 건포도 푸딩을 다시 내오너라!" 하고 소리쳐 봤는데 요술처럼 건포도 푸딩이 순식간에 다시 나왔다. 건포도 푸딩이 어찌나 큰지 앨리스가 막상 자르려니 저도 모르게 양고기가 나왔을 때처럼 내키지 않는 마음이 들었다. 하지만 앨리스는 그런 마음을 애써 억누르고 푸딩을 한 조각 잘라 붉은 여왕에게 건넸다.

"엄청나게 무례하군! 만약 내가 네 몸을 한 조각 잘라 낸다면 넌 기분이 어떻겠어?"

푸딩이 걸쭉하고 기름진 목소리로 소리쳤는데 앨리스는 뭐라 대답할 말이 없었다. 그래서 그냥 가만히 앉아 숨을 죽인 채 푸딩을 바라보고만 있었다.

"너도 뭐라고 한 마디 해야지. 푸딩 혼자서만 계속 이야기하게 놔두는 건 웃기는 일이야."

붉은 여왕이 참견했다.

"있잖아요, 내가 오늘 시를 얼마나 많이 들었는지 아세요?"

앨리스가 말을 꺼내는 순간 주위가 쥐 죽은 듯 조용해졌고, 모두의 시선이 자신에게로 쏠리자 앨리스는 조금 놀랐다.

"그런데 아주 이상하게도 모든 시가 어떤 식으로든 물고기와 관련이 있었어요. 여기에서는 왜 그토록 물고기를 좋아하는지 아세요?"

앨리스는 붉은 여왕에게 물었는데 붉은 여왕의 대답은 다소 엉뚱했다.

"물고기에 대해서라면……."

붉은 여왕은 앨리스의 귀에 입을 바짝 대고 아주 천천히 진지하게 말했다.

"하얀 여왕이 멋진 수수께끼를 알고 있지. 모두 시로 되어 있고…… 모두 물고기에 대한 거야. 하얀 여왕한테 그 시를 외워 달라고 할까?"

"그렇게 말해 주다니 붉은 여왕은 참으로 친절하기도 해. 그 시는 정말 재밌을 거야! 내가 외워 줄까?"

하얀 여왕이 비둘기가 구구거리는 듯한 목소리로 앨리스의 다른 쪽 귀에 대고 속삭였다.

"네, 부탁드릴게요."

앨리스가 아주 예의 바르게 말했다. 하얀 여왕은 기쁨에 겨워 크게 소리 내어 웃으며 앨리스의 뺨을 어루만졌다. 그러고는 시를 외우기 시작했다.

"먼저 물고기를 잡아야 해."

그건 쉽지. 아기라도 물고기를 잡을 수 있을걸.

"다음엔 물고기를 사야 해."

그것도 쉽지. 동전 한 닢이면 살 수 있을 테니.

"이제 물고기를 요리해 줘!"

그건 쉽지. 일 분도 안 걸릴 거야.

"그걸 접시에 담아!"

그것도 쉽지. 이미 접시에 담겨 있으니까.

"이리로 가져와! 내가 좀 먹어 보게!"

식탁에 그 접시를 놓는 건 쉽지.

"접시 뚜껑을 열어!"

아, 그건 너무 어려워서 못하겠는걸!

왜냐하면 물고기가 접착제처럼 거기 딱 달라붙어서

가운데서 뚜껑과 접시를 꼭 붙들고 있으니까.

어떤 쪽이 더 쉬울까?

물고기 접시 뚜껑을 여는 것과 수수께끼 뚜껑을 여는 것 중에서.

"잠시 잘 생각해 본 다음에 알아맞혀 봐. 그러는 동안 우리는 너의 건강을 위해 건배할게. 앨리스 여왕의 건강을 위하여!"

붉은 여왕이 목청껏 외치자 모든 손님들이 곧장 술을 마시기 시작했는데 다들 아주 괴상한 방식으로 술을 마셨다. 어떤 손님들은 술잔을 소등기(*촛불을 끄는 데 사용하는 모자 모양으로 생긴 기구.)처럼 머리에 올려놓고 얼굴을 타고 흘러내리는 술을 마셨다. 또 어떤 손님들은 포도주병을 엎어 놓고 식탁 가장자리에서 흘러내리는 포도주를 받아 마셨다. 손님 가운데 셋은(그들은 캥거루처럼 생겼다.) 구운 양고기 접시 안으로 기어 들어가 열심히 고기 국물을 핥아 먹기 시작했는데, 앨리스는 '꼭 여물통에 들어간 돼지들 같네!' 하고 생각했다.

"멋진 연설로 답사를 해야지."

붉은 여왕이 앨리스에게 눈살을 찌푸리며 말했다.

"우리가 옆에서 열심히 밀어줄게."

앨리스가 고분고분하지만 조금은 겁을 먹은 채로 연설을 하려고 일어서자 하얀 여왕이 속삭였다.

"정말 고마워요. 하지만 혼자서도 잘할 수 있어요."

앨리스도 하얀 여왕에게 속삭여 대답했다.

"전혀 그러지 못할걸."

붉은 여왕이 아주 단호하게 말했다. 그래서 앨리스는 하얀 여왕의 제안을 기분 좋게 받아들이기로 했다.

("그런데 두 여왕이 나를 어찌나 심하게 밀어붙이던지! 누가

봤으면 나를 완전히 납작하게 만들려는 줄 알았을 거야!" 나중에 앨리스는 언니에게 그 연회 이야기를 들려줄 때 이렇게 말했다.)

실제로 앨리스는 연설을 하는 동안 자신의 자리를 지키고 그대로 서 있기가 꽤 힘들었는데, 두 여왕이 양쪽에서 앨리스를 엄청심하게 밀어붙이는 바람에 앨리스는 거의 공중으로 떠밀려 올라가 버릴 뻔했다.

"저는 감사 인사를 하기 위해 일어섰……."

앨리스는 연설을 시작했다. 그런데 정말로 몸이 십 센티미터쯤 떠밀려 올라가서 앨리스는 식탁 가장자리를 붙잡고 간신히몸을 다시 아래로 끌어내렸다.

"조심해! 무슨 일이 일어나려 해!"

하얀 여왕이 두 손으로 앨리스의 머리카락을 꽉 잡고 소리쳤다.

그리고 바로 그때 (앨리스가 나중에 설명한 바에 따르면)모든일이 순식간에 일어났다. 촛불들은 모두 천장까지 자라나서 마치 꼭대기에 불꽃이 달린 골풀 밭처럼 보였다. 술병들은 각각 접시를 한 쌍씩 차지해 날개처럼 붙이고 포크를 다리처럼 붙여 퍼덕거리며 사방으로 날아다녔다. 앨리스는 끔찍한 혼란이 시작되고 있는 와중에도 '꼭 새 같아 보이네.' 하고 생각했다.

바로 그 순간 옆에서 쉰 목소리로 웃는 소리가 들려서 앨리스는 하얀 여왕에게 무슨 일이 있나 싶어 고개를 돌렸다. 그런데 앨리스 옆의 의자에는 하얀 여왕 대신 양 다리가 앉아 있었다. 수프 그릇에서 "나 여기 있어!" 하고 외치는 소리가 들려서 앨리스가 다시 돌아봤는데, 사람 좋아 보이는 하얀 여왕의 넓적한 얼굴이 수프 그릇 가장자리 너머로 잠깐 동안 활짝 웃어 보이고는 곧바로 수프 속으로 사라졌다.

한시도 지체할 겨를이 없었다. 벌써 손님들 가운데 몇몇은 접시 속에 누워 있었고, 수프 국자는 식탁 위에서 앨리스의 의자 쪽으로 걸어오면서 앨리스에게 비키라고 급하게 손짓하고 있었다.

"더 이상 못 참겠어!"

앨리스가 이렇게 소리치며 벌떡 일어나 식탁보를 두 손으로 꽉 움켜잡았다. 그리고 힘껏 확 잡아당기자 접시며 그릇이며 손님이며 촛불이 한꺼번에 무더기로 와르르 쏟아졌다.

"그리고 너 말이야!"

이 모든 소동을 붉은 여왕이 일으켰다고 생각한 앨리스는 붉은 여왕 쪽을 돌아보며 사납게 소리쳤다. 하지만 붉은 여왕은 더 이상 앨리스의 옆에 없었다. 붉은 여왕은 갑자기 작은 인형 크기로 줄어들어서 지금은 식탁 위에서 자기 어깨 뒤로 길게 나부끼는 숄을 쫓으며 즐겁게 빙글빙글 돌고 있었다.

다른 때 같았으면 앨리스는 이 광경을 보고 깜짝 놀랐겠지만 '지금은' 너무나도 흥분해 있어서 어떤 것에도 놀라지 않았다.

"너 말이야!"

탁자 위에 막 내려앉은 병을 폴짝 뛰어넘는 바로 그 순간 앨리스가 조그만 붉은 여왕을 붙잡아 또다시 소리쳤다.

"마구 흔들어서 아기 고양이로 만들어 버리겠어. 두고 봐!"

제10장
흔들기

앨리스는 그렇게 말하며 붉은 여왕을 식탁에서 들어 올려 앞뒤로 힘껏 흔들었다. 붉은 여왕은 아무런 저항도 하지 않은 채 얼굴이 점점 작아졌고 눈은 커지면서 녹색이 되었다. 그래도 앨리스가 계속 흔들어 대자 붉은 여왕은 점점 더 작아지고, 더 통통해지고, 더 보들보들해지고, 더 동글동글해져서……

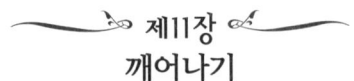

제11장
깨어나기

……결국에는 진짜 아기 고양이가 되었다.

제12장

꿈을 꾼 것은 누구일까?

"붉은 여왕 폐하가 그렇게 큰 소리로 가르랑거리면 안 돼지."

앨리스는 두 눈을 비비며 공손하나 약간은 엄하게 아기 고양이에게 말했다.

"너 때문에 깼잖아! 아, 정말 멋진 꿈이었는데! 그런데 키티, 네가 거울 나라에서 줄곧 나와 같이 있었구나. 너도 그걸 알았니?"

아기 고양이들의 아주 불편한 습성은(앨리스가 예전에 그렇게 말한 적이 있었다.) 상대방이 무슨 말을 하든 언제나 가르랑거린다는 점이다.

"고양이들이 '예'라는 뜻으로 가르랑거리고 '아니오'라는 뜻으로 야옹거린다거나 뭐, 그런 규칙이 있다면 대화를 할 수 있을 텐데! 하지만 늘 같은 소리만 내면 어떻게 사람과 대화를 나눌 수 있겠어?"

이번에도 아기 고양이는 가르랑거리기만 했는데, 그게 과연 '예'라는 뜻인지 '아니오'라는 뜻인지 도무지 짐작할 수가 없었다. 그래서 앨리스는 탁자 위에 있는 체스 말들을 뒤져서 붉은 여왕 말을 찾아냈다. 그런 다음 벽난로 앞 깔개에 무릎을 꿇고 앉아 아기 고양이와 붉은 여왕 말을 서로 마주 보게 놓았다.

"자, 키티! 네가 붉은 여왕으로 변신했었다고 고백해!"

앨리스는 의기양양하게 손뼉을 치며 외쳤다.

(앨리스는 나중에 언니에게 그 일을 설명하면서 "하지만 키티는 붉은 여왕을 쳐다보려고 하지 않았어. 고개를 돌리고는 안 보는 척하는 거야. 하지만 살짝 부끄러워하는 것 같았어. 그러니까 키티가 붉은 여왕이었던 게 틀림없어."라고 말했다.)

"키티, 좀 더 꼿꼿하게 앉아!"

앨리스가 즐겁게 깔깔대며 소리쳤다.

"그리고 뭐라고 말…… 아니, 뭐라고 가르랑거릴지 생각하는 동안 절을 해. 그러면 시간이 절약되잖아. 잘 기억해 둬!"

그러면서 앨리스는 키티를 들어 올려 살짝 입을 맞추었다.

"네가 붉은 여왕이었던 것을 기념하는 거야."

"스노드롭, 우리 예쁜이!"

앨리스는 어깨 너머로 하얀 아기 고양이를 돌아보며 계속 말했다. 스노드롭은 참을성 있게 어미에게 몸을 내맡기고 아직까지 몸단장을 받고 있었다.

"다이너가 언제쯤 하얀 여왕 폐하를 다 씻길까? 스노드롭, 그래서 네가 내 꿈속에서 그렇게 단정치 못했나 보구나. 다이너! 네가 지금 하얀 여왕을 북북 문지르고 있는 줄은 아니? 정말이지 그건 아주 무례한 짓이야! 그런데 다이너는 무엇으로 변신했었을까?"

앨리스는 한쪽 팔꿈치를 깔개에 댄 채 손으로 턱을 괸 편안한 자세로 고양이들을 바라보며 계속 재잘거렸다.

"말해 봐, 다이너. 넌 험프티 덤프티로 변했었니? 내 생각엔 그랬을 것 같아. 하지만 아직은 네 친구들에게 말하지 않는 게 좋을 거야. 확실치 않으니까 말이야.

그런데 키티, 네가 정말로 내 꿈속에서 같이 있었다면 네가 좋아했을 만한 일이 하나 있어. 난 시를 아주 많이 들었는데 모두 다 물고기에 관한 시였어! 내일 아침에 넌 진짜 물고기를 먹게 될 거야. 네가 아침을 먹는 동안 내내 「바다코끼리와 목수」를 외워 줄게. 그러면 넌 네가 먹고 있는 게 굴이라고 믿게 될 거야!

자, 키티. 그 모든 꿈을 꾼 게 과연 누군지 생각해 보자. 이건 심각한 문제니까. 그렇게 계속 앞발을 핥고 있으면 안 돼. 꼭 다이너가 오늘 아침에 너를 안 씻어 준 것 같잖아! 있잖아, 키티. 꿈을 꾼 건 분명 나 아니면 붉은 왕이었을 거야. 붉은 왕은 물론 내 꿈에 나왔어. 그런데 나도 붉은 왕의 꿈에 나왔단 말이야! 키티, 꿈을 꾼 게 붉은 왕이었니? 넌 붉은 왕의 부인이었으니까 알고 있을 거 아냐. 오, 키티. 제발 이 문젤 푸는 걸 도와줘! 네 앞발은 그만 나중에 핥고!"

하지만 아기 고양이는 앨리스의 약을 올리듯 다른 쪽 앞발을 핥기 시작하며 앨리스의 질문을 못 들은 척했다.

여러분은 꿈을 꾼 것이 누구였다고 생각하세요?

7월의 어느 저녁
햇빛 찬란한 하늘 아래로
배 한 척이 꿈을 꾸듯 유유히 나아가네.

눈을 초롱초롱 반짝이며 귀를 쫑긋 세운 채로
바싹 다가앉은 세 아이는
보잘 것 없는 이야기를 들으며 즐거워하네.

그 햇빛 찬란하던 하늘은 어슴푸레해진 지 오래,
메아리는 사라지고 기억은 희미해졌네.
가을 서리는 7월을 앗아가 버렸네.

어느 하늘 아래서 살아가고 있을 앨리스는
깨어 있는 눈에는 결코 보이지 않지만
여전히 환영처럼 내 곁을 떠도네.

눈을 초롱초롱 반짝이며 귀를 쫑긋 세운 채로
사랑스럽게 바싹 다가앉아
아이들은 아직도 이야기에 귀를 기울이네.

이상한 나라에 누워
날이 저물도록 꿈을 꾸고
여름이 다 가도록 꿈을 꾸네.

강물을 따라 떠내려가며
황금빛 햇살 속을 떠돌면서…….
인생, 그것은 한낱 꿈이 아닐런가?

*이 시의 원문에서 각 행 첫 글자만 모아 연결하면
앨리스의 실제 모델 이름인 '앨리스 플레전스 리델
(Alice Pleasance Liddell)'이 된다.

우리 마음속의 영원한 여왕,
앨리스를 떠나보내며

1. 두 권의 〈앨리스〉 시리즈를 만든 이들

『거울 나라의 앨리스』는 루이스 캐럴이 『이상한 나라의 앨리스』를 출간한 지 6년 만에 내놓은 후속작이다. 전작이 어느 날 뱃놀이에서 사랑스런 꼬마 소녀 앨리스 리델을 위해 즉흥적으로 지어낸 이야기였다면, 『거울 나라의 앨리스』는 처음부터 책으로 출간하려는 의도를 가지고 지어졌다. 이미 이때는 앨리스의 실제 모델인 앨리스 리델과의 즐거웠던 뱃놀이도 모두 다 지난 옛일이 되었고, 앨리스 리델도 스무 살의 숙녀가 되어 더 이상 루이스 캐럴과는 교류가 없었다. 하지만 캐럴이 『거울 나라의 앨리스』를 내놓은 것을 보면 앨리스를 향한 그의 마음만큼은 변함이 없었던 모양이다. 불혹의 나이가 되었고 앨리스와 만나지 못한 지도 오래되었으나, 속절없이 흐르는 세월도 앨리스에 대한 캐럴의 마음을 꺾지는 못했던 듯하다. 프롤로그와 에필로그의 시를 비롯해 작품 곳곳에서 앨리스를 향한 그의 애틋한 마음을 고스란히 확인할 수 있기 때문이다.

영국의 동화작가이자 수학자인 루이스 캐럴의 본명은 찰스 럿위지 도지슨으로 옥스퍼드 대학교의 단과 대학인 크라이스트 처치에서 수학을 공부한 뒤 그곳에서 교편을 잡았다. 그러던 중 새로 부임해 온 헨리 리델 학장과 친분을 쌓게 되고, 그의 딸 앨리스와 문학사에 길이 남을 운명적인 만남을 하게 된다. 이들의 만남으로 〈앨리스〉 시리즈가 탄생했고 아동청소년문학사·영문학사·환상 문학사·난센스 문학사에 한 획을 그은 작품으로 자리매김했다.

이처럼 캐럴과 앨리스의 만남은 환상 문학의 효시라고 할 수 있는 〈앨리스〉 시리즈가 탄생하게 된 결정적 계기가 되었고, 두 사람이 만났던 옥스퍼드의 크라이스트 처치는 이제 매해 많은 관광객들이 찾는 판타지의 메카가 되었다. 이곳은 캐럴이 대부분의 생을 보낸 곳이며 150여 년의 세월을 뛰어넘어 전 세계인의 사랑을 받는 〈앨리스〉 시리즈가 탄생한 곳이어서 앨리스의 성지처럼 여겨지고 있다. 게다가 캐럴과 앨리스가 수없이 오고 갔을 그곳이 영화 〈해리 포터〉 시리즈의 촬영지여서 더욱 유명세를 타고 있다. 앨리스를 좋아하는 사람이라면 언젠가 영국에 갔을 때 그곳에 들러 곳곳에 스며 있을 캐럴과 앨리스의 흔적을 찾아보는 것도 좋을 것이다.

《《《

'앨리스' 하면 곧바로 떠오르는 삽화가 존 테니얼 경이 전작에 이어 후속작에도 삽화를 그렸다. 그는 이 책의 삽화를 그리기 이전에도 이미 실력을 인정받은 유명한 시사 만화가이자 삽화가였다. 그럼에도 불구하고 캐럴은 테니얼의 그림 작업에 사사건건 개입하고 간섭했다. 테니얼은 그런 캐럴이 귀찮았을 법도 하지만, 그 역시 캐럴 못지않은 열의를 가지고 작업에 임했던 것이 틀림없다. 원래의 원고에서는 앨리스가 하얀 기사와 헤어진 뒤 여덟째 칸으로 가려고 개울을 뛰어넘기 전 부분에 늙은 말벌을 만나는 에피소드가 있었다. 그런데 캐럴은, 재미없고 불필요하다는 테니얼의 충고를 받아들여 그 부분을 삭제했다. 이 사실만 보아도 테니얼의 열의가 증명되는 셈이다. 삭제된 부분은 『거울 나라의 앨리스』가 출간된 지 100년이 넘은 1974년 경매 시장에 나와 「가발을 쓴 말벌」이란 제목으로 처음 세상에 소개되었다. 완성도 높은 작품을 위해 서로를 괴롭히기는 했지만 두 사람이 함께 고민하고 서로를 존중하며 열의를 다한 끝에 나온 결과물인 만큼, 후속작 역시 테니얼의 그림 없이는 완전하다고 할 수 없을 것이다.

2. 이상한 나라 vs 거울 나라

전작 『이상한 나라의 앨리스』가 따뜻한 어느 봄날(구체적으로 앨리스 리델의 생일인 5월 4일이다.) 토끼를 따라 땅속의 이상한 나라로 모험을 떠나 트럼프 카드들을 상대하는 이야기였다면, 후속작 『거울 나라의 앨리스』는 앨리스가 이상한 나라로 모험을 떠났던 때로부터 정확히 여섯 달 뒤인 차가운 어느 초겨울날(매년 모닥불을 크게 피우는 가이 포크스 데이의 전날인 11월 4일이다.) 거울 속 나라로 들어가 커다란 체스 판 위에서 체스말이 되어 직접 경기를 펼치는 이야기이다. 그래서 이상한 나라에서는 일곱 살이었던 앨리스의 나이가 거울 나라에서는 정확히 일곱 살 반이 된 것이다.

전작에서는 앨리스가 커졌다 작아졌다 하면서 크기 변화를 겪었다면, 후속작에서는 거울 속 나라답게 모든 게 거꾸로 되는 반대와 역전 현상을 경험한다. 사물의 모습도, 원하는 방향으로 가고자 할 때도, 심지어는 시간까지도 모두 거꾸로다. 책 속의 글자는 거울에 비친 모양으로 거꾸로 쓰여 있고, 붉은 여왕에게 다가가려면 반대 방향으로 가야 하며, 처벌부터 먼저 받고 죄를 나중에 짓는 식이다.

거울이라는 소재를 이용한 참으로 재미있는 발상이다. 거울을 경계로 정상과 비정상이 역전되기도 하는데 거울 밖에서는 정상이었던 것이 거울 속에서는 비정상인 것이 된다. 그래서 거울 나라에서는 오히려 앨리스가 비정상적인 이상한 아이이며 전설 속의 괴물이 되는 것이다. 루이스 캐럴은 이런 과정을 통해 정상과 비정상, 논리와 비논리, 의미와 무의미의 경계가 얼마나 허물어지기 쉬운지를 잘 보여 주고 있다. 논리적 모순을 통해 유쾌하고도 즐거운 농담의 진수를 선보이고 있는 것이다. 거울의 반전을 이용한 부분은 글에만 국한되지 않는다. 앨리스가 거울을 통과한 후의 그림을 잘 살펴보면, 존 테니얼의 이니셜인 J와 T를 결합시켜 만든 모노그램 사인도 거꾸로 반전되어 있다. 글뿐만 아니라 그림에서도 거울 나라의 특징을 놓치지 않는 치밀함을 보이고 있는 것이다.

3. 「거울 나라의 앨리스」의 매력
이 작품에도 전작 못지않은 매력과 개성이 넘치는데, 무엇보다

»

먼저 손꼽히는 요소가 이 작품만큼이나 유명한 난센스 시의 걸작 「재버워크의 노래」다. 캐럴은 거울 나라라는 특수한 상황을 반영하여 이 시의 전문을 거울에 비친 모양으로 거꾸로 실으려고 했지만 실제로는 첫 연만 그렇게 했다. 사실 이 시는 어느 독자든 '누군가가 뭔가를 죽였다'는 사실만 겨우 이해한 앨리스처럼 이해하기 힘든 시이다. 왜냐하면 이 시는 난센스 시의 대명사로 캐럴이 조어한 단어들로 가득한데, 특히 '재버워크' 혹은 '재버워키'란 단어는 '무의미한 말'을 뜻하는 보통 명사로 자리 잡은 지 오래다.

유명하지만 뜻을 종잡기 힘든 난센스 시 「재버워크의 노래」, 전작에 이어 계속되는 말장난, 거기다 체스 게임까지 어우러진 작품 『거울 나라의 앨리스』를 어렵다고 지레짐작하여 겁먹고 중간에 책을 덮는 사람이 있을지도 모르겠다. 하지만 까다로운 체스 규칙을 몰라도, 난센스 시의 의미를 파악하지 못해도 앨리스의 모험을 즐기는 데는 아무런 지장이 없다.

체스 게임과 관련해서는 다음의 몇 가지 사항 정도만 알고 있으면 도움이 될 듯하다. 앨리스는 어린 릴리 대신 하얀 여왕의 졸이 되어 체스 게임에 참여하는데, 가장 약한 체스 말인 졸은 맨 처음에 두 칸을 움직일 수 있고 그다음부터는 한 칸씩만 움직일 수 있으며 뒤로는 움직이지 못한다. 기사는 졸에 비해서는 비교적 움직임이 자유롭지만 그래도 제약이 따른다. 그래서 더는 나아가지 못하고 앨리스를 숲이 끝나는 곳까지만 바래다주는 것이다. 가장 자유롭게 움직일 수 있는 말인 여왕은 갑자기 불쑥불쑥 나타났다 사라졌다 한다. 졸은 가장 약한 말이지만 상대방 진영의 맨 마지막 줄에 도달하면 무엇이든 원하는 말로 바뀔 수 있는 규칙이 있는데, 체스를 두는 사람들 대부분이 가장 강력한 여왕을 선택한다는 정도만 알아도 충분할 것 같다.

〈앨리스〉 시리즈의 특징이라고 할 수 있는 말장난도 이 작품에서 빼놓을 수 없는 부분이다. 수학자지만 언어를 요리하는 솜씨에 있어서만큼은 그를 따라잡을 자가 있을까 싶을 정도다. 동음이의어나 다의어 등을 이용한 캐럴의 말장난을 우리말로도 말장난으로 번역하려고 고민하고 노력했다. 하지만 어쩔 수 없이 옮긴이의 주로 설명한 부분도 있으니 독자들에게 양해를 바랄 따름이다.

전작에 유명한 시나 동요가 나왔듯 후속작에서도 영국의 전래 동요인 〈마더 구스의 노래〉의 등장인물과 동요가 여럿 나온

다. 험프티 덤프티, 트위들덤과 트위들디, 유니콘과 사자 모두
〈마더 구스의 노래〉에서 만나 볼 수 있는 재밌고 개성 넘치는
인물들이다. 앨리스가 잘 아는 동요들이니 이들을 만날 때마다
미리 그들이 어떻게 될지, 뭘 할지 훤히 잘 알고 있는 것이다.
덕분에 앨리스는 험프티 덤프티가 담장에서 떨어져 깨져 버릴
까 봐 미리 걱정할 수 있었고, 사자와 유니콘이 다시 시작했다
는 말만 듣고도 그것이 왕관을 차지하려는 싸움임을 알 수 있었
다. 마찬가지로 거울 나라의 특징이 잘 반영된 쌍둥이 형제, 트
위들덤과 트위들디가 딸랑이를 두고 싸울 것이라는 것도 알 수
있었다. 이처럼 캐럴은 널리 알려진 동요 속 인물에 각기 다른
개성을 부여하고 거울 나라의 적재적소에 배치하여 재미도 살
리고 의미도 풍성하게 만들었다.

　　동요 속 재미난 인물들과 체스 경기, 난센스 시와 말장난으
로 가득한 거울 나라로의 여행이 끝난 뒤 마지막에 등장하는 시
를 읽는데 마음 한구석이 저려 왔다. 각 행의 첫 글자를 모두 연
결하면 앨리스의 이름이 완성되는 그 시를 보노라니 애잔하면
서도 가슴이 시렸다. 아마도 이제 그만 앨리스를 떠나보내야 하

는 캐럴의 쓸쓸한 마음과 미련이 느껴졌기 때문일 것이다. 프롤로그와 에필로그의 시만이 아니라 앨리스에게 작별을 고하는 루이스 캐럴의 이런 마음을 대변하는 등장인물도 찾아 볼 수 있다. 바로 하얀 기사가 그 주인공인데, 그가 앨리스를 숲의 끝자락까지 바래다주고 이별하는 장면을 통해 캐럴의 마음을 엿볼 수 있다. 또한 앨리스는 모험이 끝난 훗날까지도 하얀 기사의 모습을 생생하고 또렷하게 기억하는데, 그건 앨리스가 자신을 기억해 주기를 바라는 캐럴의 간절한 소망을 드러낸 부분이기도 하다.

4. 앨리스를 떠나보내며

사실 『이상한 나라의 앨리스』에 비해 『거울 나라의 앨리스』를 읽은 사람은 많지 않을 것이다. 전작도 만화나 영화 등으로 접한 사람이 더 많고 완역본으로 읽은 사람의 수는 적을 것이니, 『거울 나라의 앨리스』를 완역본으로 접한 사람은 더 적을 것이다. 사실 나 또한 앨리스를 만화 영화로 처음 만났다. 어렸을 때 처음 접했던 〈앨리스〉 시리즈는 신 나는 모험 그 자체였으나,

조금 더 커서 번역본으로 접한 앨리스의 모험은 그런 느낌과는 다소 동떨어진 어렵고 딱딱하며 별로 재미없는 이야기였다. 그러다 우연히 대학 시절에 읽게 된 원서는 재미있는 신세계를 다시 발견한 느낌을 주었다. 하지만 대학원에서 번역을 공부하던 시절 과제를 제출하기 위해 원서와 여러 번역본을 비교해 가며 만났던 앨리스는 고역이었다. 그러면서 내린 결론이 유능한 번역자가 나타나 〈앨리스〉 시리즈를 멋지게 번역해 주면 좋겠다는 것이었다. 그런데 그로부터 십여 년이 흐른 뒤 내게 〈앨리스〉 시리즈를 번역할 기회가 왔다. 이런 것을 작품과의 인연이라고 해야 할지 모르겠으나, 좋아하는 만큼 의욕도 컸고 어려움을 아는 만큼 부담도 컸다. 골풀이 꺾이는 순간 곧바로 시들어 버리듯, 번역하는 순간부터 원작이 훼손되기 시작하는 건 어쩔 수 없는 노릇이지만 루이스 캐럴 앞에서도 부끄럽지 않을 번역본이 되기를 바란다. 또한 〈앨리스〉 시리즈를 신 나는 모험 이야기로 기억하고 있는 독자들의 좋은 기억을 무참히 짓밟는 번역본이 되지 않기를, 처음으로 이 이야기를 읽는 독자들에게는 원전이 갖는 매력을 조금이나마 느낄 수 있는 번역본이 되었으면 좋겠다.

돌이켜 보면 어릴 때에는 거울 속이나 땅속, 마룻바닥 밑에 낯선 존재들이 사는 다른 세상이 펼쳐져 있을 것만 같았다. 하지만 어른이 되어 버린 지금, 거울은 오로지 매무새를 다듬는 용도가 되었고 땅속이라 하면 오로지 여러 배관들만 떠올리게 되었다. 하지만 앨리스와의 재회는 나로 하여금, 다시 재미난 상상에 빠져 해 지는 줄 몰랐던 어린 시절을 떠올리게 해 주었다. 옛 추억을 떠올리게 하고, 현실의 경계를 넘어 꿈과 상상의 세계로 안내하며, 늘 곁에 두고 언제라도 꺼내 볼 수 있는 멋진 '안' 생일 선물을 선사해 준 앨리스에게 고맙다. 그리고 그런 앨리스를 탄생시킨 부모와도 같은 루이스 개럴괴 존 테니얼에게 감사한 마음을 담아 작별을 고한다. 여러분에게도 앨리스가 재미있는 모험 이야기 속의 잊지 못할 주인공으로 기억되기를 바라며 이제 그만 앨리스를 떠나보내려 한다.

—옮긴이 황윤영

《루이스 캐럴 연보》

1832년 1월 27일 영국 체셔 지방에서 사제인 아버지 찰스 도지슨과 어머니 프랜시스 제인 럿위지의 4남 7녀 중 셋째이자 맏아들로 태어남. 본명은 찰스 럿위지 도지슨.

1843년 찰스 도지슨이 요크셔 지방에 있는 크로프트의 주임 사제로 임명받음. 온 가족이 크로프트의 사제 저택으로 이사하여 살게 됨.

1844년 리치먼드의 문법 학교에서 1년여 동안 기숙사 생활을 함. 라틴어 시 작문에 뛰어난 재능을 보임. 이때까지 아버지에게 라틴 어, 문학, 수학 등을 배움.

1845년 형제자매들을 위해 재미있는 시를 짓거나 당대 유행하던 시를 패러디하고 직접 삽화를 그려 여러 권의 가족 잡지를 만들었음. 첫 번째 권인 『유용하고 교훈적인 시집』은 1954년에 출간됨.

1846년 영국에서 가장 유명한 학교 중 하나인 럭비 학교에서 기숙사 생활을 시작하지만 적응에 어려움을 겪음. 수줍음이 많고 말을 더듬는 버릇이 있어 학우들로부터 놀림을 받았는데, 캐럴은 훗날 이 시기를 '어떤 이유로든 다시는 돌아가고 싶지 않은 시절'이라고 회상함. 교우 관계는 순탄하지 않았지만 학업에 있어서는 우수한 성적을 유지하며 고전, 신학, 수학 등의 과목에서 두각을 나타냄.

1850년 럭비 학교를 졸업한 뒤 집에서 1년 동안 아버지로부터 교육을 받으며 옥스퍼드 대학 입학 자격시험을 준비함. 5월 23일에 옥스퍼드 대학의 단과 대학인 크라이스트 처치의 입학 허가를 받음.

1851년 옥스퍼드 대학에 입학하여 크라이스트 처치 기숙사에 들어갔지만 며칠 뒤에 어머니가 갑자기 세상을 떠남. 캐럴은 커다란 충격과 상실

감 속에서 크로프트로 돌아와 장례식을 치름.

1852년 크라이스트 처치의 장학금을 받으며 단과 대학의 스튜던트(연구원)로 임명됨. 스튜던트가 되면 평생 동안 대학에서 살 권리가 주어지지만 성직자가 되어 독신으로 지내야 하는 의무 조항도 있었음.

1854년 12월 우수한 수학 성적을 자랑하며 대학교를 졸업함.

1855년 대학 도서관의 부관장을 맡고 학부생의 튜터(지도 교사)로 임명되어 수학 강의를 시작함. 여러 지면에 시와 산문을 발표하기 시작함.

크라이스트 처치의 학장 토머스 게이스포드가 숨을 거두고 후임으로 헨리 조지 리델이 부임해 옴.

1856년 잡지 〈트레인〉에 시 「고독」을 발표하면서 필명인 '루이스 캐럴'을 처음으로 사용함.

4월 25일 리델 학장의 네 살배기 딸 앨리스 리델과 첫 만남을 가짐.

1860년 초보자들을 위한 각종 수학 입문서를 집필.

1861년 리델 학장은 대학이 행정적, 종교적 개혁을 추구하였고 캐럴은 이에 반대하는 풍자시를 발표함.

12월 22일 옥스퍼드 대학 주교로부터 부제서품을 받고 부제에 임명됨. 이후 30여 년 동안 같은 방에서 독신으로 살며 옥스퍼드 대학의 수학 교수로 지냄.

1862년 7월 4일 리델 학장의 세 딸과 동료 로빈슨 덕워스와 함께 뱃놀이를 나감. 소녀들에게 〈앨리스〉 시리즈의 원형이 된 모험 이야기를 들려줌. 캐럴이 '황금빛 오후'라고 기록한, 그의 일생에서 가장 중요하고 소중했던 이날의 실제 날씨는 당시 영국 기상 관측에 의하면 약간 쌀쌀

하고 비가 내렸다고 함.

1864년 캐럴은 〈앨리스〉 시리즈의 시발점이 된 이야기 『지하 세계의 앨리스』를 직접 손으로 쓰고 삽화를 그려 크리스마스에 앨리스 리델에게 선물함. 리델은 이후 65년 동안 캐럴의 필사본을 간직함.

1865년 7월 4일 『지하 세계의 앨리스』의 이야기를 발전시키고 존 테니얼의 삽화 42개를 곁들여 『이상한 나라의 앨리스』로 출간. 하지만 인쇄 상태가 좋지 못해 초판을 모두 폐기함.

1865년 11월 『이상한 나라의 앨리스』를 다시 제작하여 재출간함. 출간 직후 비평가와 독자들에게 호평을 받으며 작품성과 흥행성을 동시에 획득함.

1867년 6월 24일 짧은 콩트 「브루노의 복수」를 발표함. 이후 이 작품은 〈실비와 브루노〉 시리즈의 바탕이 됨.

7월 13일 오랜 친구 헨리 리든과 함께 두 달에 걸쳐 러시아 여행을 떠남. 여행에서 돌아온 후 『이상한 나라의 앨리스』의 속편을 고민하기 시작하고 1869년 크리스마스 즈음에 출간할 계획을 세움.

1868년 6월 21일 아버지 찰스 도지슨 부주교가 사망함. 가족을 길포드에 정착시킴.

1869년 캐럴의 익살과 진중함을 동시에 엿볼 수 있는 시집 『환상』 출간.

1871년 『이상한 나라의 앨리스』의 후속편 『거울 나라의 앨리스』가 크리스마스 때 출간되어 다음 해 1월까지 1만 5천 부 이상 팔려 나감.

1874년 그동안 자신이 쓴 팸플릿을 모아 엮은 『한 옥스퍼드 젊은이의 비망록』 출간.

1876년 4월 1일 산문시집 『스나크 사냥』을 출간함. 출간 직후 영국에서는 큰 호응을 얻지 못했지만 루이스 캐럴을 '초현실주의의 선구자'로 각인시키는 대표작 중 하나가 됨.

1877년 이스트본의 바닷가에서 첫 여름 휴가를 보냄. 이때부터 거의 20년 동안 해마다 여름을 이스트본에서 보냄.

1879년 본명으로 수학 서적 『유클리드와 현대의 맞수들』 출간.

1881년 11월 30일 크라이스트 처치 수학과 교수직에서 사퇴함.

1882년 크라이스트 처치의 커먼 룸(교수 클럽)의 관리자가 됨.

1883년 시집 『시? 그리고 이성?』 출간.

1886년 12월 23일 런던 프린스 오브 웨일스 극장에서 오페라 〈이상한 나라의 앨리스〉를 초연함. 『앨리스의 땅속 모험』 출간.

1889년 환상 소설 『실비와 브루노』 출간.

1890년 5세 이하의 유아 독자들을 위한 『이상한 나라의 앨리스』를 기획함. 분량을 대폭 줄이고 그림 설명을 더하여 『자장가 앨리스』를 출간.

1892년 커먼 룸의 관리자 자리에서 물러남.

1893년 『실비와 브루노 완결편』 출간.

1896년 수학 서적 『상징적 논리』 출간.

1898년 1월 14일 1월 초 『상징적 논리』의 후속편을 집필하던 도중에 독감이 기관지염으로 악화되었고 결국 65세의 나이로 세상을 떠남. 길포드 묘지에 묻힘.

루이스 캐럴 1832년 영국 체서에서 태어났다. 본명은 찰스 럿위지 도지슨이며, 루이스 캐럴은 문학 작품을 발표할 때 사용하던 필명이다. 럭비 학교를 거쳐 옥스퍼드 대학의 단과 대학인 크라이스트 처치에서 교육을 받았고 이후 그곳에서 수학 교수가 되어 30여 년간 근무했다. 펴낸 책으로 환상 문학 『실비와 브루노』, 『스나크 사냥』, 시집 『환상』 등이 있다. 그의 대표작 『이상한 나라의 앨리스』와 『거울 나라의 앨리스』는 아동청소년문학사와 영문학사에 커다란 획을 그은 작품으로 평가받으며, 남녀노소를 가리지 않고 전 세계 수많은 독자들의 사랑을 독차지하고 있다.

존 테니얼 1820년 영국에서 태어나 영국 왕립 아카데미에서 교육을 받았다. 풍자 잡지인 〈펀치〉의 삽화가로 활동하고 『이솝 우화』에 삽화를 그려 평론가와 대중의 주목을 받기 시작했다. 그러던 중 루이스 캐럴로부터 직접 『이상한 나라의 앨리스』와 『거울 나라의 앨리스』의 삽화를 그려 줄 것을 부탁받았다. 그들의 공동 작업은 순탄치 않았지만 결과물은 독자들로부터 최고의 찬사를 받으며 불멸의 명성을 얻게 되었다.

황윤영 성균관대학교 번역대학원을 졸업한 후, 현재 아동청소년문학 전문 번역가로 활동하고 있다. 그동안 옮긴 책으로 『내가 사랑한 야곱』, 『탠저린』, 『오디세이』, 『지킬 박사와 하이드』, 『이상한 나라의 앨리스』, 『거울 나라의 앨리스』 등이 있다.